NOUVELLES D'ALGÉRIE

Miniatures
Collection produite par Marc Wiltz
dirigée par Pierre Astier

en partenariat avec le magazine COURRIER INTERNATIONAL

DANS LA MÊME COLLECTION :

- NOUVELLES D'HAÏTI
- NOUVELLES DE L'ÎLE MAURICE
- NOUVELLES DU BENGALE
- NOUVELLES DU LIBAN
- NOUVELLES D'ISRAËL
- NOUVELLES DU MALI
- NOUVELLES DE CORSE
- NOUVELLES DE TURQUIE
- NOUVELLES DU MEXIQUE
- NOUVELLES DE GUADELOUPE
- NOUVELLES DU SOUDAN
- NOUVELLES D'ALGÉRIE

Nous tenons à remercier
Marie Virolle et la revue *Algérie Littérature Action*

MINIATURES

NOUVELLES D'ALGÉRIE

MAGELLAN & CIE / ÉDITIONS APIC

Nouvelles d'Algérie

Avant-propos

L'Algérie est le plus grand pays bordant la Méditerranée avec ses mille deux cents kilomètres de côtes et, avec son immense Sahara, le deuxième pays le plus étendu d'Afrique après le Soudan. De la plus haute Antiquité à la conquête musulmane, de la colonisation française à son Indépendance en 1962, elle fut de tous temps un carrefour de cultures et de civilisations, une terre de convoitise où l'Histoire a marqué le passage des hommes de traces indélébiles et laissé d'innombrables vestiges.

Sans doute cette richesse cosmopolite et les aléas d'une histoire en perpétuel mouvement ont-ils forgé le caractère bien trempé de l'Algérien d'aujourd'hui : sa nature passionnée, sa fierté légendaire, son attachement à sa terre ! « *Et l'autre nation ? Est-elle toujours mienne après toutes ces années ? Mon pays que je ne revois qu'à petites doses, deux semaines, au maximum trois, par an ou tous les deux ans ? Et comment expliquer la force du lien à cette terre et à ces collines que je parcourais tout enfant ? Dans mes moments de désarroi, les roches sur lesquelles je me reposais en revenant de l'école prennent à mes yeux la valeur d'un être humain, de chair et d'os. Cette nation qui fait fuir ses enfants. Ces enfants mal aimés qui ne se découragent jamais de revenir. Plus ils s'éloignent d'elle, plus ils s'acharnent dans leur attachement aux regs et à la glèbe de leur terre natale. Ils s'accrochent à son sol même après leur mort ! »,* écrit Atmane Bedjou dans sa nouvelle « Mort au bout du monde ».

C'est d'Algérie.

C'est de la terre de ces nombreux déracinés en proie au mal du pays, celle de ces femmes aux droits souvent bafoués mais ô combien courageuses et essentielles, celle de ces malheurs que le temps ne cesse de véhiculer mais sont toujours surmontés, celle de ces blessures que la mémoire enfonce au prix de l'oubli, celle de ces violences clandestines insensées… mais c'est aussi de l'Algérie des amours éternelles, des désirs de liberté et de la recherche du bonheur qu'il est question dans ce nouveau volume de la collection « Miniatures ». Car, bien que meurtrie par des décennies d'instabilité politique et de barbarie intégriste, cette nation bouillonne de créativité, de vie et se nourrit d'espoir.

Les nouvelles réunies ici voyagent dans l'espace des générations. À chacune son temps d'écriture, son lieu d'inspiration, son rythme de respiration et ses mots d'explosion. Et, pour ces écrivains de grand talent, il n'y a que le verbe pour dire leurs littératures.

Avant-propos

Même si la littérature algérienne est déjà reconnue dans le monde entier avec Kateb Yacine, Mohammed Dib, Assia Djebar, Rachid Mimouni ou Yasmina Khadra, elle continue à être bercée par des voix comme celles de Leila Marouane, Rachid Boudjedra, Hamid Skif, Amin Zaoui, Anouar Benmalek ou du jeune nouvelliste Atmane Bedjou.

Les six auteurs de ce « Miniatures Algérie » sont juste les témoins d'un autre moment de son histoire.

Pierre ASTIER ET Karim CHIKH

Leila Marouane, de son nom de naissance Leyla Z. Mechentel, est née en 1960 à Djerba, Tunisie, où sa mère, grande résistante, de son nom de guerre « la Jeanne d'Arc des Djebels », se cachait de son père... et de l'armée française. En 1962, sa famille regagne l'Algérie. Après son bac obtenu à Alger et des études de médecine écourtées, Leila Marouane s'inscrit à la Faculté de lettres. En 1985, elle est journaliste à « Horizons ». Publiant des chroniques et des dossiers où elle s'attaque à des tabous, entre autres la condition des musulmanes, le statut des mères célibataires et des enfants abandonnés... elle reçoit des lettres d'injures. En 1990, elle est victime d'un attentat et se réfugie à Paris. En 1996, elle publie son premier roman, *La Fille de la casbah*. Depuis, elle se consacre à l'écriture créative et dispense des formations notamment dans les grandes écoles et les maisons d'arrêt.

Bibliographie : *La Fille de la casbah* (1996, Julliard), *Ravisseur* (1998, Julliard), *Le Châtiment des hypocrites* (2001, Le Seuil), *Les Criquelins*, suivi de *Le Sourire de la Joconde* (2004, Fayard), *La Jeune Fille et la Mère* (2005, Le Seuil), *La Vie sexuelle d'un islamiste à Paris* (2007, Albin Michel), *Le Papier, l'encre et la braise* (2009, Le Rocher).

Traduite aux États-Unis, en Israël, en Grèce, aux Pays-Bas..., elle a reçu plusieurs prix littéraires comme le Prix Jean-Claude Izzo en France, le Prix du roman français à New York, et le Liberaturpreis en Allemagne.

Mon tuteur légal

Août 1994.

L'après-midi s'achevait, la chaleur n'en finissait pas. Elle lisait, allongée sur le lit, peu vêtue, quand il entra. Elle leva les yeux de son livre. Le pas mesuré, il s'approcha d'elle et agita une enveloppe.

Elle dit, Qu'est-ce ?

Il dit, T'as qu'à lire.

Elle écrasa la cigarette dans le cendrier, posa le livre sur la table de chevet, se leva. Elle attrapa l'enveloppe sur laquelle elle reconnut le cachet du tribunal. Elle en sortit la lettre, qu'elle parcourut rapidement.

Elle dit, Tu as fait ça ?

Il dit, La loi c'est la loi. Je suis ton frère et unique tuteur. Ton tuteur à vie. Tu ne voulais pas l'entendre, maintenant tu peux le lire. Et ne t'avise pas de quitter le pays. J'ai alerté la police des frontières.

Puis il sortit.

Elle froissa la lettre et la projeta contre la porte qu'il avait soigneusement fermée. Son cœur battait fort mais de façon régulière. Elle inspira profondément, s'assit à même le sol, et refoula les larmes qui bousculaient ses paupières. Elle se releva. Ouvrit la penderie. S'habilla. Renonça aux bagages. Elle glissa les clés de sa voiture dans la poche de son jean. Attendit la nuit.

Elle se relit, puis efface tout. Elle regarde l'écran délesté du texte. D'abord prendre des notes. Ensuite rédiger.

Jusqu'à ce jour d'août 1994, mon jumeau et moi ne nous étions jamais séparés. Nous avions à peine onze ans quand nos parents ont péri dans un accident de voiture. C'était en juin 1971. L'Algérie savourait son indépendance, son président, Houari Boumediene, nationalisait les hydrocarbures, et la Révolution agraire battait son plein. Nos grands-parents, qui possédaient une fermette au nord d'une ville côtière, ont vu leur lopin de terre s'agrandir. Mon grand-père cultivait ses nouvelles terres avec entrain.

Juste après la mort de nos parents, un oncle, qui vivait à Alger, nous a recueillis. Nous avons vécu chez lui tout l'été. Mais à l'automne, nos grands-parents sont venus nous chercher. Ils nous ont gardés et élevés comme l'auraient souhaité nos parents.

Mon tuteur légal

En 1980, bacheliers et boursiers, nous avons gagné Alger. Mon frère était en médecine, moi en lettres. Vue de loin, la vie universitaire paraissait tranquille. De l'intérieur, ça bouillonnait, une cocotte minute. Toutes les tendances et les couleurs s'y bousculaient, communistes, trotskystes, marxistes, islamistes. Le parti unique régnait en maître, les campus et les rédactions, les hôpitaux et les écoles, peut-être même les cimetières, ironisait-on, pullulaient d'agents de la sécurité militaire et un néophyte ne les reconnaissait pas ; il nous fallut du temps pour les repérer.

Au terme d'une année, nous avons trouvé notre voie, le Mouvement des Étudiants rouges. Nous prônions le partage, dénoncions la censure et le népotisme, les arrestations pour délit d'opinion et la torture dans les prisons, les injustices et l'arbitraire. Rien n'était laissé au hasard. Aux assemblées générales, mon frère prenait souvent la parole, il avait du bagout, je m'occupais des tracts, je les écrivais et les distribuais en douce.

Puis j'ai découvert les associations de femmes, elles aussi clandestines. Le code de la famille n'était alors qu'un projet de lois. Polygamie, répudiation, tutorat, inégalité dans l'héritage et le témoignage. Toutes les vilenies possibles et imaginables contre les femmes s'y trouvaient. Mon frère et d'autres camarades nous soutenaient. Ils nous dénichaient des appartements où nous nous réunissions en sécurité. Ils nous encadraient lors de nos *sit-in* devant l'Assemblée nationale, où nous déclamions *L'Internationale* de conserve et à tue-tête, dans les deux langues, l'arabe et le français. Quand la police déboulait, nous détalions comme des lapins, celles qui ne couraient pas assez vite finissaient la manif dans le panier à salade.

1984. En pleines vacances parlementaires, alors que certaines de nos camarades étaient en prison, le gouvernement fit passer cette infamie.

Elle enregistre ses notes. Allume une cigarette. Se met à la fenêtre. Fume en regardant la ville. Fixe le sommet de la tour Eiffel qui scintille au loin. L'horloge de l'église Saint-Sulpice sonne les douze coups de minuit. Elle retourne au bureau.

Le livret de famille, par exemple, est prévu pour quatre épouses. Première épouse, deuxième épouse, etc. Une femme, qu'elle soit avocate, ministre ou cuisinière ne peut pas se marier sans l'accord de son tuteur. Et si elle n'en a pas, de tuteur, c'est le juge qu'elle ne connaît ni d'Ève ni d'Adam qui la représentera. C'est ça, le paradoxe algérien. On nous a envoyées en masse à l'école, on nous a poussées jusqu'à l'université, puis, comme pour mettre fin à tant de liberté, *paf !* ils ont pensé, élaboré, rédigé, puis voté ces lois qui font de nous des mineures à vie.

Plus tard, au début des années 1990, avec la naissance du multipartisme et le nouveau code de la presse qui autorisait la création de journaux indépendants, comme activiste, j'ai donné des interviews à tour de bras. Je dénonçais, analysais, vilipendais toutes les injustices contre les femmes. J'ai eu beau évoquer le Prophète et l'amour qu'il portait aux siennes : Aïcha, son épouse préférée, qui guerroyait aux côtés des hommes ; et sa fille unique, Fatima, qui, soutenue par son père, défendit à son mari, Ali, de lui imposer des coépouses. J'ai aussi cité d'autres femmes, Rosa Luxembourg, Louise Michel, Olympe de Gouges, la révolutionnaire française et son célèbre : « Homme es-tu capable d'être juste ? », puis Djamila Bouhired, Hassiba Ben Bouali, Abla Mechentel, et bien d'autres qui ont payé de leur vie pour leur propre émancipation et la souveraineté de leur pays. Ça n'a servi à rien. Ça n'a servi qu'à me créer des problèmes sans fin.

Après les études, vers la fin des années 1980, nous sommes retournés à la fermette devenue une ferme prospère. Mon frère travaillait au dispensaire de la ville d'à côté, j'y enseignais. Une année plus tard, nos grands-parents sont morts. L'un à la suite de l'autre. À la fin des funérailles, j'ai annoncé à mon frère mon intention d'habiter le logement de fonction qui me revenait. Le proviseur y avait installé un de ses cousins et refusait de me le céder. J'ai voulu me battre pour le récupérer, mon frère m'en a dissuadée.

« Bof, a-t-il dit. Pourquoi t'enterrer dans ce bouge ? »

Nous sommes tombés d'accord pour continuer d'habiter ensemble. Nous nous entendions si bien. À Alger, en plus de nos activités politiques, nous avions les mêmes amis, les mêmes sorties, nous allions au cinéma, au théâtre, au restaurant, je me souviens de La Khaïma, rue Didouche Mourad, de sa cour ombragée, des gambas, du vin blanc. Mon frère éclusait en fustigeant Montherlant et ses *Jeunes Filles*. Dire que c'est ici, à Alger, qu'il est devenu misogyne, s'indignait mon frère. Acquiesçaient nos amis.

Nous avons vendu la ferme de nos grands-parents et acheté une villa dans la ville où nous travaillions. C'était une petite ville, assez conservatrice, mais avec la plus jolie corniche de la région. Notre villa était modeste, mais coquette. Nous avions vue sur le port.

Dès les premiers massacres, en 1990, nous avons blindé nos portes. Des amis d'Alger venaient se réfugier chez nous. D'autres perdaient la vie au détour d'une rue, à la sortie de leur travail, dans leur lit. Bien avant d'être abattu, au printemps 1993, Tahar Djaout est venu chez nous pour la première fois. Nous avons devisé toute la nuit. Lui, si peu disert, si discret, ce soir-là, derrière nos blindages, il a évoqué son séjour à Paris, la promotion de son dernier roman, sa visite à Mohamed Dib, puis Leyla M., une journaliste réfugiée à Paris, qui l'avait accueilli dans son appartement de la rue des Martyrs, à qui il avait dédicacé *Les Vigiles*.

Mon petit ami, lui aussi journaliste, a fini par partir. Il s'est installé chez un oncle, dans la région parisienne, le temps de se retourner. À l'aéroport, je lui ai promis de l'attendre. Il a dit : « Promets de me rejoindre. » Quelle que soit l'évolution des événements, que cette débâcle cesse ou non, je ne quitterai pas l'Algérie. Je ne laisserai jamais mon frère seul. C'est ce que je pensais, mais je ne l'ai pas dit à Djamel. Pourtant, je l'aimais, mon Djamel. C'est un gars bien. À l'heure où j'écris ces notes, il somnole devant la télé allumée.

Les mois passaient et les massacres se multipliaient. Nous avons renforcé nos blindages, posé une alarme, et accueilli de plus en plus de camarades d'Alger, d'Oran, de partout où le danger menaçait. Nos réunions se transformaient en noubas qui se terminaient aux aurores. La meilleure bravade à tous les fanatismes, disait mon frère.

Puis il est tombé raide amoureux de la fille du juge. Contrairement à ses autres petites amies, la fille du juge ne venait jamais à la maison. Ce qui m'a intriguée.

« Tu la rencontres où, ton amoureuse ?

– Je ne la rencontre pas, c'est une fille un peu farouche et ses parents d'une sévérité… Mais on s'écrit. Sa bonne nous sert de facteur.

– Roméo et Juliette ?

– Si on veut. En tout cas, je trouve ça très excitant. »

Un mois plus tard, mon frère convolait. Malgré le couvre-feu, les parents de la fiancée ont réussi à donner une fête. Ma belle-sœur était très jolie, et surtout très jeune, à peine vingt ans, j'ai tout de suite vu le décalage entre elle et mon frère ; leurs discussions se limitaient aux commissions et au contenu des repas : « Tu l'aimes avec des pois chiches ou des raisins secs, le couscous ? », « La galette, tu la préfères au beurre ou à l'huile d'olive ? » Lorsque mon frère discutait avec un de ses amis, au téléphone, ou avec moi, ma belle-sœur improvisait n'importe quoi pour l'interrompre et détourner son attention.

Elle me parlait peu, mais poliment. « Tu as encore veillé, tes cernes sont noirs comme le charbon », « Tu es d'une maigreur maladive, ma pauvre Yasmina, reprends donc un peu de pommes de terre. » Ainsi de suite de ses litanies jusqu'au moment où, forte de sa grossesse, elle a commencé à me provoquer. « Ah, les vieilles filles », ou encore, « Elles cachent bien leurs vices derrière leur soi-disant instruction », et bien d'autres phrases assassines qu'elle lançait sur mon passage. Je ne répliquais pas, n'en parlais pas à mon frère, persuadée qu'avec le temps, les provocations de ma belle-sœur finiraient par cesser, qu'en notre compagnie, mon frère et moi, ma belle-sœur gagnerait en maturité et changerait, qu'elle se rallierait forcément à nos idées, qu'elle serait des « nôtres ». Et surtout qu'elle s'apercevrait de la complicité qui nous liait, mon jumeau et moi, et de l'amour sans condition que nous nous portions.

Mais c'est mon frère qui s'est mis à changer. Ses jours de repos, il les consacrait entièrement à sa femme et aux parents de celle-ci. Il se rendait chez eux sans jamais m'inviter et ne les recevait qu'en mon absence. À la naissance de ma nièce, il a invoqué je ne sais quel prétexte pour que je ne l'accompagne jamais à la maternité. C'est alors que je lui ai demandé pourquoi il évitait que je rencontre sa belle-famille. Il m'a répondu que je fumais et que ma façon de parler ne convenait pas. Ou quelque chose dans ce goût-là. Puis, moins agressif, il a dit que le juge et sa femme n'avaient pas la même mentalité que la nôtre, qu'il valait mieux, etc.

Mon tuteur légal

Au retour de ma belle-sœur de la maternité, mon frère a mis un terme aux visites de nos amis ; nos discussions se raréfiaient et se terminaient en disputes. « Tu ne respectes rien », « Tu n'es qu'une marginale », « Regarde-toi, plus tu vieillis, plus tu ressembles à rien du tout », et bien d'autres remarques du même genre.

Après l'agression qui faillit me coûter la vie, mon frère m'a accusée de tous les torts, que j'attirais l'attention, que mon comportement provoquait le dernier des passants, que ces interviews nous portaient préjudice. Puis il m'a conseillé de prendre exemple sur sa femme, tiens, si discrète dans son *hijab*[1]. Que j'étais la dernière femme à circuler dans la ville à tête et à mollets découverts. Au final, ne l'avais-je pas cherché, cette agression ? m'a-t-il lancé.

Quelques jours plus tard, je pansais encore mes blessures quand il m'a parlé d'un prétendant. Un polygame riche comme Crésus, m'a-t-il dit la voix enjouée.

1. Le terme *hijab* signifie « tout voile placé devant un être ou un objet pour le soustraire à la vue ou l'isoler » et désigne plus particulièrement le voile « islamique » que les femmes musulmanes portent, couvrant la tête et laissant le visage découvert. (N.d.É.)

« Tu ne manqueras de rien, tu arrêteras de travailler. Tu habiteras à Sidi-Bel-Abbès. On dit qu'il y possède des palais. Un pour chacune de ses femmes. C'est mon beau-père qui a tout arrangé. Sympa, non ? Tu n'as qu'à dire oui, et hop, à toi la belle vie !

– C'est une plaisanterie ? »

À son visage qui se fermait, j'ai vite compris qu'il ne plaisantait pas. J'ai alors éclaté de rire et mon frère est entré dans une rage folle. Une colère que je ne lui connaissais pas. Il a cogné les murs, jeté un vase sur le sol, brisé d'autres objets. Sa femme a surgi et il s'est calmé.

« Tu as plus de trente ans, tu devrais plutôt être flattée ! » a-t-il soufflé en ramassant les débris.

Et comme s'il avait entendu mes pensées, il a ajouté :

« Tu ne quitteras pas le pays. Tu n'iras nulle part sinon à Sidi-Bel-Abbès. Et si tu résistes, je te garderai enfermée ici jusqu'à la fin de tes jours. N'oublie pas que j'ai et j'aurai tous les droits sur toi ! »

Sitôt dit. Sitôt fait.

Interdiction de sortir. De me rendre au travail. De téléphoner. Il est allé jusqu'à demander au proviseur de me renvoyer, et le proviseur, respectueux des lois, m'a renvoyée. J'ai essayé de reprendre mon poste, d'alerter des camarades ; j'ai envoyé des lettres, des télégrammes. En vain. S'ils n'étaient pas morts, nos amis étaient déjà sous d'autres cieux ou n'habitaient guère chez eux, couchant çà et là. Ils pratiquaient ce qu'on désignait alors par le « zapping », une façon de contourner la mort.

Le printemps s'est écoulé dans la discorde et le conflit. Pour déjouer le mariage avec le polygame de Sidi-Bel-Abbès, je me rasais la tête et les sourcils matin après matin. J'ai arrêté de me nourrir. Je me trimbalais en petite culotte à travers la maison. Le bébé, lorsque je l'approchais, pris de frayeur, poussait des hurlements à vous déchirer le cœur. Le reste du temps, je m'enfermais dans ma chambre où je lisais et fumais jusqu'à l'épuisement. Ma belle-sœur n'en pouvait plus. Elle menaçait mon frère de retourner chez ses parents si ma présence chez eux devait s'éterniser. « C'est elle ou moi », sifflait-elle entre ses dents.

Puis ce jour d'août 1994. Lettre du tribunal. Partir sans bagages. Dans la nuit. Risquer les barrages. Islamistes ou non. Atteindre Alger. J'ai trouvé refuge chez Faddia, à la casbah. Puis j'ai « pratiqué » le zapping, allant d'un hôtel à l'autre.

Deux mois plus tard, la baie d'Alger s'éloignait au fur et à mesure que s'éparpillaient mes adieux sur ses eaux bleues. Vingt-quatre heures plus loin, Marseille apparaissait. Puis Djamel.

Gare de Lyon. Une haie d'honneur sur le quai. Mejda, Mohamed, Saleh, Nora, Nadia, Leyla, Yassine, Chawki, ils étaient tous là.

Elle s'arrête et se relit. Estime la phrase avec les « adieux » et les « eaux bleues » inutile et plutôt mielleuse. Elle avale une gorgée de thé et commence à rédiger.

Elle lisait, allongée sur le lit, peu vêtue, quand il entra (…) Partir (…) Sans bagage…

Rachid Boudjedra, né à Ain Beida (dans les Aurès) en 1941, est un écrivain de langue française et de langue arabe. Agrégé de philosophie et licencié en mathématiques (université d'Alger en 1965), il est titulaire d'un DES (Paris-Sorbonne) : « Praxis et Catharsis chez Louis-Ferdinand Céline », (1967). Il a enseigné dans des lycées à Alger et à Paris. Depuis 1972, il se consacre à la littérature et à l'écriture de scénarii.

Il vit à Alger.

Bibliographie

Pour ne plus rêver, SNED, 1965 ; *La Répudiation,* Denoël, 1969 ; *L'Insolation,* Denoël, 1972 ; *Journal palestinien,* Hachette, 1972 ; *Topographie,* Denoël, 1975 ; *L'Escargot entêté,* Denoël, 1977 ; *Les 1001 années de la nostalgie,* Denoël, 1979 ; *Le Vainqueur de coupe,* Denoël, 1981 ; *Le Démantèlement,* Denoël, 1982 ; *La Macération,* Denoël, 1984 ; *Greffe,* Denoël, 1985 ; *La Pluie,* Denoël, 1987 ; *La Prise de Gibraltar,* Denoël, 1987 ; *Fis de la haine,* Denoël, 1992 ; *Timimoun,* Denoël, 1994 ; *Mines de rien,* Denoël, 1995 ; *Lettres algériennes,* Grasset, 1996 ; *La Vie à l'endroit,* Grasset, 1997 ; *Fascination,* Grasset, 2000 ; Cinq Fragments du désert, Barzakh, 2001/Éd. de l'Aube 2004/Actes Sud 2007 ; *Les Funérailles,* Grasset, 2003 ; *Hôtel Saint-Georges,* Dar El Gharb, 2007.

Chronique de l'année du barbelé

Elle s'était bien rendue compte que les choses avaient changé. Elle en avait des preuves très sérieuses : la disparition ou la mort de plusieurs de ses fils et le départ de son mari emmené, très tôt, un matin frileux, par des arpenteurs munis de leurs instruments de travail. Mais elle était trop vieille, ce qui ne l'empêchait pas de se rendre compte que certaines choses avaient changé dans sa vie quotidienne. Le temps épongeait en elle presque tous les souvenirs, et sa mémoire devenait plus ou moins floue à cause – peut-être – de tous ces événements insolites dont elle n'avait pas l'habitude.

Le temps épongeait en elle une grande partie de ses souvenirs et personne ne pouvait plus distinguer entre ses rides et ses tatouages ; mais elle ne voulait pas se décider à quitter le village, le lopin de terre et le poulailler construit par l'un de ses fils. D'autant plus qu'elle ne le reconnaissait même plus, ce village quadrillé à l'aube par la troupe amenant dans son sillage une équipe d'arpenteurs diplômés dont la spécialité – le fil de fer barbelé – faisait merveille auprès du génie militaire. Qu'importe si les arpenteurs dissimulaient sous leurs tricots de peau des petits pistolets et s'amusaient – l'aube venue – à prendre pour cible les ouvriers agricoles qui partaient travailler sur le domaine des Pères Blancs. Non que les arpenteurs avaient une dent contre la religion, mais ils se délestaient en douce, grâce à cette méthode, des balles qui encombraient les canons de leurs petits pistolets, pour pouvoir se sentir plus à l'aise, plus alertes et aptes, donc, à réaliser des prouesses dont le génie militaire était très féru ; d'autant plus que ces garçons jeunes, roses et dodus savaient tisser les fils de fer barbelé autour d'un village en un tournemain, sans parler de la propension chez certains d'entre eux à faire de la bonne ouvrage : fignoler, créer des formes étourdissantes, des enchevêtrements d'espaces coupés et recoupés, triturés par les fils, torturés par les barbelés, jusqu'au vertige des formes démentielles, fortes là, comme tracées au fusain ici, graciles un peu plus loin (les lieux de passage), portant leurs ombres au plus loin, jusqu'à la lagune et au-delà, vers les salières criblés de quartz et de soleil.

Mais elle, restait toujours là, ne voulant pas partir malgré les exhortations des rares habitants qui avaient décidé de rester pour des raisons affectives ou stratégiques. Tous les autres étaient partis, abandonnant les Pères Blancs à leur triste sort, de peur d'être exécutés par les arpenteurs qui se laissaient aller à certains excès lorsqu'ils manquaient de matière première (le fil de fer) et se trouvaient contraints à l'oisiveté. Elle ne voulait donc pas partir, et le matin très tôt, après avoir donné à manger aux quelques poules rachitiques qui lui restaient, elle allait se poster à l'entrée du village pour voir si l'un de ses garçons disparus mystérieusement n'allait pas revenir, apportant, du coup, des nouvelles de son mari.

Et en attendant ainsi de longues heures au soleil, il lui arrivait de mettre quelques éléments disparates dans sa mémoire trop floue pour s'en souvenir avec précision, sous les yeux rieurs des arpenteurs qui l'observaient de loin à l'aide de grosses jumelles. Elle se souvenait donc de la treille qui couvrait le patio, en été, de la neige qu'il fallait casser en hiver pour laver la vaisselle, de l'énorme coffre dans lequel elle pliait soigneusement ses habits, des rideaux de grosse toile à rayures rouges et blanches pendant au-dessus des portes contre lesquelles, en automne, les mouches venaient, obstinément, buter, des grenades qu'il fallait décortiquer patiemment, des tranches de melon qu'elle mettait à rafraîchir sur la margelle du puits, du mariage de ses filles, des brouilles avec les voisines pour des motifs futiles, des brises, de la conscription, des circoncisions de ses fils, des coups de main de Grine, des répudiations, des insolations de ses enfants qui s'obstinaient à jouer au football pendant la canicule, de la victoire du Mouloudia de Constantine sur le Gallia d'Alger (le seul jour où son mari oublia de rentrer pour faire sa prière du soir et donc de rapporter de chez le rôtisseur la tête de mouton grillé qu'il avait pris l'habitude de manger chaque soir, bien qu'il ne mît pas les pieds dans le stade où se déroula la mémorable rencontre dont le caractère politique n'avait échappé à personne), du trachome, des fausses couches, de la fuite de la femme du receveur des P.T.T.

– un Corse – avec le garçon boucher – un Arabe –, du mur de la maison d'en face, étendue morne et plate, unique perspective extérieure qui s'offrait à elle et abritant les ébats de plusieurs lézards dont la reptation savante la fascinait des heures entières ou l'effrayait selon que les petits reptiles gobaient ou pas les pauvres mouches ivres de soleil et autres insectes imprudents ou dociles ou complices de leur propre mise à mort. Elle se racontait tout ça, dans un ordre pas toujours le même, mais comme on ne pouvait distinguer ses rides de ses tatouages, les arpenteurs qui l'observaient de loin ne pouvaient plus se tenir debout tellement ils avaient le fou rire.

Et eux, installés sur la colline, à l'ombre d'un caroubier, les jumelles en bandoulière et les pistolets toujours dissimulés sous les tricots de peau mouillés par l'effort consenti la nuit, buvaient des canettes de bière fétide et s'amusaient à la regarder attendre patiemment, des heures durant, ou bien à regarder les rares villageois encore en vie buter contre les fils de fer barbelé. Mais ce qui les amusait encore plus, c'étaient les mendiants qu'on refoulait de village en village parce qu'ils ne parvenaient pas à y pénétrer, à cause de ces maudits barbelés qu'ils n'arrivaient pas à traverser tellement ils étaient bien faits. Et les arpenteurs, fiers de leur travail et de leur génie, riaient de plus belle de les voir arriver en file indienne, dès la nuit tombée, frappant le sol de leurs cannes, les vieux précédant les jeunes, portant à la main des boîtes de zinc (vides), haletants, effrayés, blasphémant de temps à autre contre Dieu qui ne faisait rien pour leur venir en aide, paraissant hirsutes et claudicants. De vrais lilliputiens aux yeux des arpenteurs qui leur envoyaient dans les yeux des rayons de projecteurs les clouant sur place ou les aplatissant au sol, sans jamais leur tirer dessus avec leurs petits pistolets toujours camouflés sous les tricots de peau mouillés.

Et chaque matin, une fois le poulailler nettoyé, elle revenait à la charge, attendant à l'entrée du village, et juste à côté des barbelés qu'elle savait ne pas devoir approcher, le retour de son mari qui, du coup, lui apporterait des informations sur ses fils dont elle n'avait plus de nouvelles depuis l'arrivée des arpenteurs dans le village et le départ des saltimbanques qui s'étaient évanouis comme par miracle, après avoir prédit que les années à venir allaient amener un tremblement de terre et quelque autre chose de pire qu'ils n'avaient pas su déterminer.

Depuis cette fameuse année du barbelé, l'intrusion des arpenteurs, l'incendie qui ravagea les deux cars du plus gros notable de la région, l'assassinat de l'imam en pleine mosquée et, de surcroît, un vendredi et au sujet duquel plusieurs versions avaient circulé, puisque les autorités officielles parlaient d'une syncope mortelle alors que les devins défendaient la thèse de la lévitation et juraient tout ce qu'ils pouvaient pour affirmer qu'ils avaient vu le défunt disparaître à l'horizon dans la cour découverte de la mosquée durant un vent de sable qui ne dura que quelques minutes, et que les farfelus, éternels barbus retranchés derrière leur tasse de café refroidi et leurs médisances au café de la Jeunesse, affirmaient, quant à eux, qu'il s'agissait d'une action terroriste… Depuis cette année, donc, elle n'avait cessé d'attendre le retour de l'un des siens disparus, selon les mêmes devins, au cours du même vent de sable qui emporta l'imam, mais, précisaient-ils, pour des raisons diamétralement opposés. Elle ne comprenait rien à leurs divagations et s'entêtait à aller attendre dès le lever du soleil qu'un miracle lui tombât sur la tête.

Puis un beau jour, elle ne vint plus se poster à l'entrée du village. Les arpenteurs en furent vexés et ils lui en voulurent de ne plus les amuser par ses soliloques qu'ils n'entendaient pas mais qu'ils devinaient, de loin, aux mouvements de ses lèvres. Du vrai cinéma muet, disait l'un d'entre eux qui aurait voulu faire une carrière artistique. Ils pensèrent même la mettre en état d'arrestation pour la punir de l'affront qu'elle leur faisait en les privant de leur spectacle quotidien, d'autant plus que, le temps se mettant à l'orage, la bière devenait de plus en plus fétide et leur poissait l'esprit. Elle ne revint plus et décida d'apprivoiser un très jeune corbeau qu'elle avait surpris en infraction caractérisée à l'intérieur de son poulailler et finit par oublier les arpenteurs et leur fil de fer barbelé, mais, dans ses rêves, il lui arrivait de voir des égoutiers qui s'obstinaient à faire tourner du fil de fer dans d'énormes fosses et qui finissait, toujours, par se transformer en fil de coton.

L'apprivoisement du corbeau lui prit tout son temps. Elle délaissa les poules devenues plus caqueteuses et plus hargneuses parce qu'elles se sentaient abandonnées, et se mit à donner au jeune volatile toute son affection. Elle lui offrait à manger dans la paume de sa main. Lui en prenait à son aise et la mordait jusqu'au sang, mais elle le laissait faire et le choyait le plus qu'elle pouvait, partageant avec lui ses maigres repas. Peu à peu, la bête devint docile et parut s'habituer à la promiscuité de la vieille femme qui, la nuit venue, l'attachait à son tibia droit avant de s'endormir. Le corbeau apprit à ne croasser que pour exprimer un besoin urgent. Du coup, elle voulut qu'il chantât comme un vrai canari et, au bout de quelques semaines d'efforts, elle parvint à ses fins et l'oiseau de mauvais augure se mit à imiter n'importe quel rossignol. Elle, quoique fière de son acquisition et de son apprentissage, ne parlait pas de miracle, mais avouait très modestement que ses efforts n'avaient pas été inutiles mais qu'elle manquait de sérieux. En attendant, l'animal profitait des largesses de sa maîtresse et les arpenteurs commençaient à s'énerver devant l'entêtement de la vieille femme à ne plus venir attendre devant l'entrée du village, à proximité des barbelés qu'ils avaient depuis, électrifiés. Le jeune corbeau passait son temps à se pavaner dans la maisonnette en terre battue, à voleter au-dessus du poulailler comme pour mieux narguer les poules de plus en plus chétives, à donner des coups de bec aux rares visiteurs de la vieille femme, qui ne rêvaient que de l'encager, de l'égorger ou même de le noyer dans un seau d'eau comme un vulgaire chaton dont on ne sait pas quoi faire. Mais celle qui ne se souvenait plus de l'année du barbelé, de la disparition de ses fils et de celle de son mari, ni de la présence des garçons dodus et roses, intervenait énergiquement à chaque tentative subversive de quiconque voulait du mal à son corbeau-canari-rossignol.

Au bout de quelque temps, les villageois, quoique préoccupés par les barbelés, les hommes roses, l'écoute des radios étrangères qui faisaient l'écho d'une rumeur qui ne cessait pas d'enfler, finirent par décréter qu'elle avait perdu plus ou moins la raison et s'étaient mis à la vénérer. Mais elle restait sans émoi devant de telles sollicitations, qui l'exaspéraient même parce qu'elle avait l'impression de perdre un temps précieux qu'elle aurait préféré consacrer au corbeau-chanteur.

Puis un jour, profitant d'une fenêtre ouverte, le volatile trop gâté s'envola durant l'absence de l'aïeule qui était sortie pour nettoyer son poulailler où ne vivaient plus que deux poules en mal de coq, affamées et mauvaises. Le corbeau ne laissa aucune trace de son départ. Face à tant d'ingratitude, elle entra dans le silence. Définitivement. Le temps s'en était mêlé lui aussi et il s'était mis à pleuvoir. Elle resta seule, avec ses rides et ses tatouages, avec ses histoires floues et entremêlées : les arpenteurs, les éboueurs, la conscription, la disparition de son mari, l'incendie des deux cars qui faisaient la navette entre Guelma et Sedrata, l'année des Sénégalais, les chansons sur Salah Bey, la syncope de l'imam, la découverte du corbeau dans le poulailler, etc…

Un matin, les arpenteurs, toujours juchés sur leurs collines, la virent apparaître mais ils ne n'eurent pas envie de rire. Quelque chose avait changé dans son regard et dans la contrée tout entière. Ils firent mine de ne pas s'apercevoir de sa présence.

Né en 1951 à Oran, **Hamid Skif** fut comédien au Théâtre de la Mer avant d'exercer, très jeune, le métier de journaliste. Il vit depuis 1997 à Hambourg, après avoir échappé à plusieurs tentatives d´assassinat. Son œuvre est traduite en de nombreuses langues.

Bibliographie

Romans et nouvelles : *Nouvelles de la maison du silence* (Éd. Enal, Alger, 1986) ; *Citrouille fêlée* (« 00h00.com », 1998) ; *La Princesse et le clown* (« 00h00.com », 1999) ; *Monsieur le président* (« 00h00.com », Dar El Hikma, Alger, 2002) ; *La Géographie du danger* (Naïve, Paris, Apic, Alger, 2006).

Poésie : *Poèmes d'El Asnam et d'autres lieux*, (Éd. Enal, Alger, 1986) ; *Poèmes de l'adieu* (Autre Temps, Marseille, 1997) ; *La Rouille sur les paupières* (« 00h00.com », 2000) ; *Le Serment du scorpion* (Éd. Outre-Part, Saint-Marcellin) ; *Les Exilés du matin* (Éd. Zeno, Heidelberg, APIC, Alger, 2006).

Le Lézard

J'ai oublié les bruits. Ceux qui montent de la rue et ceux de mon estomac. J'ai de la peine à le dire. Une surdité ? Je n'entends que le souffle oppressé de ma poitrine. Les condamnés ressentent la même impression. En ai-je l'apparence ? Je vais dérouler le fil, dénouer, vider les tiroirs, trier, jeter, faire de la place, me débarrasser des boules de souvenirs, pelotes de poussière rangées dans les recoins. Je n'ai pas fait attention. Elles se sont agglomérées, ont pris du volume, rongé l'espace, me confinant à vivre dans le lieu étriqué de la mémoire. Je vais ouvrir les fenêtres, tout bazarder. Suffit de subsister en cloporte entre les rais de lumière que laissent chichement passer les persiennes. Je vais vivre au grand air.

J'ai vécu ces dernières années de l'obscurité, dormant le jour, divaguant la nuit autour de la table de la salle à manger recouverte d'une toile cirée blanche à fleurs rouges au pistil violacé sur lesquelles veillent, cadavres de sentinelles aux aguets, les bouteilles de vin vides. Je puis enfin concevoir la vie autrement. Je n'avais pu m'y résoudre après son départ. Elle a bien fait de partir. Je l'aurais tuée. C'est facile à dire maintenant qu'elle n'est plus là. Il fallait du courage. Il faut se séparer de l'ivresse pour être plus ivre encore. La liberté, c'est l'ivresse et le dépit ensuite. Que fait-on de sa liberté une fois libre ? Elle m'a étranglé, tué, dévoré entre ses serres. Je n'avais qu'à m'enfuir. C'est vite dit. Elle me pourchassait, m'extirpant des bouges, recourant aux ruses pour me tirer vers cette grotte de quarante-sept mètres carrés, deux pièces aux murs gras, encombrées de poupées, de peluches, de chromos, d'affiches de ses idoles. Je ne pouvais y toucher sous peine de représailles. Elle a décampé sans les emporter. Triste héritage. Je l'ai fourgué aux rejetons des voisins. C'était plus simple. Nous n'avons plus de cave. Une nuit, une famille s'y est installée en douce. Personne n'a rien entendu. Enfin, c'est ce qu'ils disent. Impossible de déloger ces gens. C'est une autre histoire.

Cette ville se déglingue de jour en jour. Les rats n'y sont pour rien. On les accable de tous les maux, mais la vérité est ailleurs. Me voici aussi libre qu'eux. Je vais jeter les bouteilles. J'en garderai quelques-unes. C'est bon d'avoir des réserves.

Je me suis guéri tout seul. Une vraie délivrance. Il fallait se parler tout le temps. Le soir où j'ai senti le cœur me grimper à la gorge, je me suis dit : « Là, tu arrêtes, ça suffit. Elle est partie. Tu es seul. Remonte maintenant, accroche-toi à la margelle, tire-toi de ce maudit trou. » J'ai soufflé. J'avais la cervelle en compote. Le matin, je me suis fait un café si amer que le cœur a mouvementé. J'ai ouvert les yeux en rigolant doucement. Mon pyjama a bu la moitié de la tasse. Difficile de ne pas trembler. Je me suis raclé la peau avec une mauvaise lame. Il le fallait. Je me suis lavé le visage à l'eau de Cologne. Ça fait du bien. Elle faisait des économies sur tout. Seul le savon de Marseille trouvait grâce à ses yeux.

Personne ne la regrette. Et dire que je suis resté là à espérer qu'elle crève. C'était de la lâcheté. Je suis un mou, un flasque. Pas vaillant pour un sou. J'ai eu tort. J'aurais dû agir, sauter le pas au lieu de rabâcher que les choses se feraient d'elles-mêmes. Finalement, elle a filé sans prévenir. Elle a eu raison. Je l'aurais trucidée au lieu de la laisser me pisser dessus. Cela me servira de leçon. J'y avais mis du mien. Je n'aurais pas dû.

Les salopes de cette espèce, il faut les piler, leur tirer la moelle des os, les jeter à la poubelle. Cette crasse a fait de ma vie un enfer. J'aurais dû savoir. Personne ne m'avait prévenu. Les copains ne servent pas à grand-chose. Ils sont juste bons à siroter la tournée et se tirent aux premières averses. On appelle ça l'amitié. De grands discours, des tapes dans le dos, des clins d'œil et, *pfuit...*, ils s'éclipsent. Elle ne pouvait pas les sentir. Elle a toujours haï mes amis. Elle n'en a jamais voulu. Le monde s'était réduit à nos quarante-sept mètres carrés, au médiocre salaire, à la môme, une fille qu'on a été chercher à l'Assistance. C'était de ma faute. Tout est de ma faute. Je ne pouvais pas avoir d'enfants. C'est elle qui le disait.

Les copains ? Oui, mais dehors. Pas question de les convier à la maison. Ce n'est ni le bar, ni le resto chez moi qu'elle répétait. Elle était comme ça. Certains jours, elle était bonne. Elle acceptait que je donne de la mie de pain aux pigeons. Défendu d'avoir un oiseau, un chaton ou un chien. La petite s'ennuyait ferme, mais elle n'a jamais accepté l'achat d'un poisson rouge. Je l'ai suppliée. Rien à faire. Un poisson dans un bocal ? Elle ne l'imaginait que dans l'assiette. Un jour, cela fait longtemps, juste après notre mariage, je l'ai surprise plumant un pigeon. Elle l'avait attiré, attrapé et égorgé sur le bord de l'évier. « Puisque tu es incapable d'assurer la viande, faut bien que je me débrouille », avait-t-elle rouspété. Je n'ai pas touché à la soupe. Elle a recommencé des dizaines de fois. Les pigeons sont des cons. Elle les attrapait en un tour de main alors qu'ils refusaient de venir picorer les boules de mie que je roulais pour eux. La vie est ainsi faite. Ceux que vous aimez vous rejettent, ceux que vous détestez vous collent aux fesses.

J'ai commencé à la craindre. Il émanait d'elle un relent de soufre. Les pigeons aussi, je les méprise. Ils me le rendent bien. Leurs fientes tapissent le rebord de la fenêtre de la cuisine, leur ruban verdâtre coule sur les vitres. Leur odeur me donne la nausée. J'ai beau nettoyer, la cuisine empeste le caca. Moi-même, je sens le pigeon. C'est acide et dur. Mais c'est mieux que son épaisse senteur d'extrait de rose et de sueur. Elle n'avait pas de goût. J'ai mis du temps à m'en apercevoir. J'aurais dû m'en douter le jour où elle m'a embrassé sans retirer son chewing-gum. Le goût de chlorophylle m'est resté dans la bouche. Depuis, je détourne la tête lorsque je croise un mâcheur de gomme.

Elle mastiquait tout le temps, faisant tourner et retourner les 78-tours sur le tourne-disque, l'unique cadeau de mariage qui a survécu à ses colères, puis écoutant des cassettes achetées à bas prix ou repiquées sur les enregistreurs des voisines. J'ai encore dans les oreilles les accents de ses roucouleurs préférés, faune aux voix éraillées fondues dans la masse des notes de synthétiseurs. Elle aimait la grande musique : fanfare de sapeurs-pompiers et clique municipale. Son rêve, c'était d'être chanteuse ou danseuse. Heureusement qu'elle est partie. Elle aurait fini par figurer en première page des journaux, à d'autres titres.

Je vais jeter ce qui reste des revues entassées au bas du placard, trier les fonds de tiroirs. Il faut faire vite. Tout doit changer dans cet appartement. Si j'en avais les moyens, je referais les peintures, j'achèterais de nouveaux meubles. Elle n'a jamais voulu se séparer de ces chaises dépareillées, du bahut et de la table en faux acajou. « C'est classe ! », disait-elle. Je me suis déjà débarrassé des fleurs en plastique, de la lampe de chevet fluo, des napperons posés dans les coins, y compris sous les cendriers qu'il m'était interdit d'utiliser. Il fallait fumer dehors. Elle l'avait décrété sous prétexte que la petite ne supportait pas l'odeur du tabac. Si je n'ai rien dit, c'était pour la gamine. Elle-même fumait en cachette. Des cigarettes manquaient dans les paquets. Je fermais les yeux. On ne fait pas un tabac pour une clope. Depuis, j'ai arrêté de fumer. Ça m'a fait du bien. C'est venu après une grippe. J'ai pris le tabac en horreur mais gardé les cendriers. Elle voulait les échanger auprès des marchands ambulants troquant ce qui leur tombe entre les pattes contre des babioles. Là, j'ai dit non. Ils pouvaient servir, des fois qu'on aurait de la visite. Personne ne venait à vrai dire. Elle avait verrouillé notre porte. Les amies de la petite devaient l'attendre sur le palier. Pas question qu'elles franchissent le seuil. « Elles vont tout saloper. Je vais encore passer la journée à briquer par terre. On n'a que faire des visites. C'est problèmes et compagnie. Personne ne nous tend la main lorsqu'on est dans le besoin, alors que veux-tu faire des visites ? »

Sous prétexte que mes poches étaient des sacs à immondices, elle ne trouvait jamais ce qu'elle y cherchait. Une seule fois, je vis un éclat victorieux dans ses yeux. Elle me mit sous le nez le lézard desséché découvert dans une des poches de ma veste. C'était un lézard vert, pas plus grand que ça, mort de faim ou de vieillesse, trouvé derrière une rangée de dicos. Par pitié, j'avais décidé de lui offrir une sépulture décente. J'ai du respect pour les lézards. Je les préfère aux chats. Ils vivent très longtemps. Il leur arrive même de se sacrifier, offrant leur vie à ceux qui en ont besoin. Les chauves héritent des lézards. C'est grâce à eux qu'ils peuvent continuer à vivre après avoir perdu leurs cheveux. Très peu de gens le savent.

Pendant trois jours, elle m'a interrogé sur la provenance de la dépouille, refusant mes réponses, insinuant qu'il s'agissait d'un gri-gri expédié par une ennemie. J'ai répondu à ses questions, reconstitué ma journée, rapporté dans le détail les propos échangés avec les collègues, décrit l'endroit où j'avais trouvé la bête. Au bout du troisième jour, elle décida d'aller vérifier si la rangée de dictionnaires se trouvait bien à l'endroit indiqué. Elle voulait ma perte. Je dus la supplier de ne rien en faire. Sa venue m'aurait déconsidéré. Elle ne se serait pas gênée pour annoncer le motif de sa perquisition. Mon chef m'en aurait voulu. De quel droit pouvait-elle s'introduire dans les réserves de la bibliothèque à la recherche du nid d'un lézard vert, mort de faim, de maladie ou d'un chagrin d'amour ? Nul n'a le droit de pénétrer dans le local en dehors des employés. C'est écrit sur la porte. Attila, notre chef, a fièrement apposé l'écriteau. La réserve, c'est son royaume. Il y entasse ses trésors, fruits de discrètes rapines évacuées par la porte du fond, y fait ses ablutions et ses prières aux heures réglementaires. Parfois, il y entraîne un collégien auquel il fait sentir, par de pressants attouchements, l'intérêt qu'il porte à l'éducation de la jeunesse. Elle ne voulait rien entendre, allant jusqu'à affirmer que ce despote ne l'effrayait nullement. Elle le battrait s'il lui venait à l'idée de lui barrer le chemin. J'ai eu la frousse. Elle qui sait frapper aux endroits sensibles, était capable de provoquer un scandale, d'ameuter lecteurs et employés si Attila lui interdisait l'accès de la réserve.

Elle a mis du temps à réaliser le danger qu'elle faisait planer sur notre salaire. Attila pouvait se venger, me faire licencier sans remords. Provoquer un esclandre pour un lézard, était-ce bien raisonnable ? Elle me fit promettre que je ne mettrais jamais plus de bestioles dans mes poches. J'ai promis et tenu parole. Depuis, j'entasse les cadavres dans un gros volume évidé au cutter. Personne ne découvrira la cachette. Du moins, pas maintenant. Attila n'a rien vu. Elle n'a jamais cru aux vertus des lézards et ricanait chaque fois que j'abordais le sujet. Je lui avais pourtant assuré qu'on peut non seulement les élever à cette fin, mais aussi leur faire boire un coup de gnôle. Peu de gens connaissent l'astuce. Les lézards ivres sont prodigieux. Ils sont non seulement généreux de leur vie, mais se mettent, en plus, à copuler furieusement. Les démonstrations dépendent de la quantité de tord-boyaux ingurgitée. J'ai découvert la chose en laissant tomber sur le sol quelques gouttes de la bouteille cachée par Attila sous le duplicateur. Je promenais ce jour-là un lézard attaché au bout d'une ficelle dans la réserve. Il s'est mis à laper l'alcool avec un plaisir manifeste avant de me faire les yeux doux. Ce fut un moment de grande tendresse. Jamais je n'ai senti monter vers moi autant d'amour que par ces pupilles dorées.

***

Mouna est venue. Elle est de plus en plus belle. Et bien nippée avec ça. Rien que des habits de luxe et des bijoux. Un tas de bijoux. Elle devrait faire attention. Les voisins vont jaser. Je ne m'attendais pas à sa visite. J'ai dû la faire attendre. Il a fallu cacher les lézards. J'ai tout poussé sous le lit. Elle a bien vu que j'étais gêné. J'en ai oublié un ou deux en liberté, mais elle n'a rien remarqué. Le type qui l'accompagnait ne m'a pas plu. Un grand échalas nerveux, tout le temps en train de tourner sa chevalière autour du doigt. Il s'est assis sur le coffre. Mouna a pris l'unique chaise. Je leur ai expliqué que j'étais en train de changer de mobilier. Ils ne m'ont pas cru. Exhibant ses canines jaunes, le malfrat a singé un sourire. Il m'a fait froid dans le dos. Comment peut-elle fréquenter cette face de rat ? Mouna a fait du café. Elle avait honte. Je l'ai entendu pousser un petit cri, vite étouffé. Elle avait dû découvrir les fromages pourris entassés dans la caisse sous l'évier. Elle a posé le plateau à même le sol. J'ai raconté que j'avais déjà choisi de nouveaux meubles pour la salle à manger, de vrais meubles vernis. Le type a hoché sa tête de chacal avant de sortir : « Vous avez à parler, je vais prendre l'air », a-t-il grognassé.

Du coup, je ne savais quoi dire. La voir comme ça, après tant d'années, ça m'a mis les boules. Les mots me sont restés dans la gorge. Heureusement qu'elle a pris les devants. Elle a dit avec l'air de s'excuser : « Papa, je vais me marier.

– Avec ce cafard ?

– Oui.

– Que veux-tu que je te dise ? Il a une tronche de maquereau.

– N'en parle pas ainsi. Il est bon avec moi.

– On verra. Si cela ne tenait qu'à moi, tu viendrais vivre ici.

– Papa, tu sais bien…

– Oui, je sais. Tu ne supportes ni cet appartement ni mes manies. Je suis un vieil imbécile dégoûtant. C'est ce que tu penses, n'est-ce pas ?

– Ne dis pas de pareilles choses. Tu sais bien que je t'aime… Je dois faire ma vie.

– J'espère que tu seras heureuse.

– Je veux ta bénédiction.

– Te fais pas de bile. Vous avez fixé la date du mariage ?

– Lundi prochain. On aurait juste besoin que tu viennes à la mairie. Je t'achèterai un costume.

– Je n'en aurai pas besoin, j'ai toujours celui que ta mère m'a fait tailler. Il doit être un peu fripé, mais t'inquiète pas. Je serai comme un sou neuf. Je ferai honneur à ma fille. Ses parents seront là ?

– Il n'en parle jamais. Il est toujours seul. »

Du moment que Mouna voulait épouser cet individu, je n'avais pas à m'y opposer. Il a poussé la porte. Il était resté à écouter derrière. Si Attila avait eu des enfants, ils ressembleraient à ce coco. Sa femme l'a quitté. Il n'avait d'yeux que pour les garçons.

Ils sont partis sans toucher au café. Le plateau est resté par terre. Les vivariums ont retrouvé leurs places. Je me suis mis à la fenêtre pour regarder la ville dérouler son squelette de béton tandis que les petits s'installaient sur mes avant-bras et mes épaules, grimpaient sur ma tête pour profiter des derniers rayons de soleil. Nous sommes restés là jusqu'au soir. Des nuages compacts d'idées noires s'entassaient dans mon cerveau. Mouna me quittait au bras d'une petite frappe. Et en plus, elle venait me la jouer à la bénédiction. Je n'y pouvais rien. C'était de ma faute si elle n'avait pas trouvé de meilleur parti. Après la désertion de sa mère, j'aurais dû l'empêcher de vagabonder toute la journée. À quoi bon se lamenter ? Elle serait partie un jour ou l'autre. Elle s'était habituée à la rue. Je ne pouvais pas l'enfermer en partant au travail, ni l'emmener avec moi. Les études, cela n'avait jamais été son fort.

***

Je suis sorti prendre l'air. Cette ville, alignant ses maisons de pierres grises le long de rues rectilignes, m'échappe. J'ai été surpris par l'odeur de moisissure imprégnant murs et macadam. Ce n'était plus celle du goudron surchauffé, mais bien celle du moisi qui prend à la gorge. Les gens n'ont pas l'air de s'en rendre compte. On étouffe. Les arbres sentent le vert-de-gris. Pas la peine de musarder devant les vitrines sales. On a beau s'imaginer des choses, dire bonjour aux mannequins qui peuplent les pauvres vitrines, aucune inspiration ne vous saisit. Tout est terne et poussiéreux. Le soleil s'est mis de la partie. Il a joué de ses reflets sur les capots des voitures, sur les vitres des fenêtres couvertes de suie, sans grand effet. J'avais heureusement pris mon pardessus de grosse flanelle grise. Il m'a tenu chaud.

Je suis entré dans le café de la grande place où j'ai pris un grand lait chaud accompagné de deux pains au chocolat. Lorsque le serveur m'a annoncé le prix, j'ai failli m'étrangler. Ils ne reculent devant rien, font valser les prix, vous vident les poches en un tour de main. Devant le loufiat, j'ai péniblement compté mes centimes. Il m'a regardé de haut. Pour le pourboire, il pouvait chanter. Cela fait si longtemps que je ne suis pas rentré dans un café. Elle m'avait interdit de dépenser le moindre sou. Je suis revenu à la maison, un goût de lait crémeux dans la bouche.

La salope. Gouineuse en diable, elle m'a niqué la tête. Non contente de m'affamer, elle m'a tiré par la queue et les cornes. Tout le temps en train d'ouvrir ses jambes au premier venu. Je n'avais qu'à faire semblant… La poule d'Inde avait la jouissance criarde et le con mouillé pour appâter les mouches. J'ai horreur des mouches. Elle se branlait en ahanant, et moi j'étais là à lui tenir des discours sur l'immortalité du lézard. Tu parles ! Elle se vengeait, me traitant de tous les noms, jamais contente, à peine satisfaite de ses agapes. Je devais fournir le repas ; elle faisait la fête, refilant à ses amants les beaux morceaux, nous laissant, la petite et moi, sur notre faim. Une cannibale de foire dressée pour se venger de la tendresse qui l'avait laissée en rade.

C'est pour ça qu'elle séduisait les jeunots du quartier, le pubis rongé d'envie, la vulve rayonnante. Elle attrapait tout ce qui passait à proximité, ne renonçant même pas à la crasse des vagabonds ramenés les jours de dèche, sous prétexte de charité. Elle se jetait sur leur vilebrequin sans leur laisser le temps d'achever le quignon de pain avec lequel elle les avait attirés. Certains jours, aveuglée par l'excitation, elle m'oubliait. Caché sous le lit, j'attendais que l'orage passe. Elle avait à peine fini de tirer du malheureux son jus qu'elle le chassait d'une tape sur le cul. Les yeux au ras des braguettes, le derrière tonitruant, elle faisait aussi des ravages dans les bus bondés et sales. Au retour du cimetière où elle allait pleurnicher sur les tombes défoncées de ses parents, elle faisait monter le cric des gars, se collant à l'un et à l'autre avant d'élire celui dont le mât lui convenait. Et puis il y a eu Christian, le Français parlant comme une poule qui accouche, tout fier de se branler sur ses mamelles en criant : « Je t'aime ». Il n'y avait qu'un Français pour lire des poèmes à cette pétasse. Il a duré ce qu'il a duré, la couvrant de fleurs et de tartes que nous attendions, la petite et moi, de pied ferme. Elle s'en est lassée. Christian est devenu fou. Sa mère est venue le récupérer, allant jusqu'à poursuivre la paillarde de ses leçons de catéchisme. La maison a connu de nouveau algarades et soirées folles, sans rimes ni poésie. Je devais servir le thé, faire patienter ses hôtes. La bite en berne, ils repartaient rassasiés. La Shéhérazade des *Mille et une nuits* pouvait, selon elle, aller se faire niquer par un mulet. À l'époque, nous habitions une masure de terre cerclant une cour dans laquelle un figuier achevait de mourir.

Il m'arrivait, parfois, de m'assoupir à l'ombre du figuier. Elle me réveillait d'une vocifération pour m'ordonner d'aller à la fontaine. J'étais sûr d'y trouver l'escadron de gamins qui me menaient la vie dure. Ce sont eux qui m'ont affublé du surnom de « Zerzoumia », le lézard. Je haïssais ces mioches. Ils me le rendaient bien. Une pluie de cailloux s'abattait sur moi chaque fois que j'insultais ces crachats qui ricanaient sur mon passage. J'en ai tabassé de ces garnements piaillant, hurlant à mort contre un mur ou dans le renfoncement d'une porte tandis que mes poings tambourinaient sur leurs caboches de larves. Une fois, j'en ai mordu un à l'oreille tellement fort que le sang a giclé, arrosant mon gilet d'un jet noir. À Zerzoumia, est venu s'ajouter un sobriquet tout neuf : Mangeur d'oreilles !

Je suis né à Qamr-El-leil, une oasis au nom bien poétique. Coincé entre deux dunes, notre patelin survit des mandats de ses enfants, porteurs d'eau. Tous les marchands d'eau de la ville sont de chez nous. Cette charge nous a échu en guise de vengeance. On ne pouvait rêver mieux. Dans notre oasis, il n'y a pas d'eau. Il faut aller la chercher à des kilomètres à travers les sables. Il y a plusieurs siècles, un de nos ancêtres avait sauvé le fils du bey des griffes d'un lion. Pour le récompenser, le gouverneur exigea qu'il fasse un vœu. Notre ancêtre répondit : « Que l'eau coule à Qamr-El-leil. » Le gouverneur lui octroya le droit de puiser autant d'eau qu'il le souhaitait dans les citernes de la ville, à charge pour lui de la faire parvenir à Qamr-El-leil. Personne ne savait où se trouvait notre oasis. C'est ainsi que la faveur s'est muée en monopole sur le transport et la vente de l'eau dans la cité. Aucun Qamraoui valide n'a échappé à la tradition. Nous sommes marchands d'eau de père en fils. Il y a bien eu des périodes de récession, d'épouvantable misère avec l'arrivée de l'eau courante dans les foyers, mais, grâce à Dieu, cette période est révolue. Les robinets ont fini par rendre l'âme ; plus aucune goutte ne coule dans un réseau d'adduction désormais rouillé. Après avoir attendu que le gouvernement vienne à bout de la pénurie, les citadins regrettèrent le temps béni des Qamraoui. Les nôtres revinrent en triomphateurs. J'étais encore dans le ventre de ma mère lorsque mon père quitta Qamr-El-leil pour gagner la ville où l'attendaient ceux qui, leur service achevé, retournaient à l'oasis natale.

La tradition voulait que les anciens installent les nouveaux venus dans les us et les murs de l'agglomération, leur indiquent les raccourcis, leur désignent les mauvais payeurs. S'il a un souci, le Qamraoui, c'est de se faire payer jusqu'au dernier centime. Avec nous, les profiteurs sont perdants. Elle ne savait pas qu'elle avait à faire à un Qamraoui. Elle est partie sans rien emporter, rien que les chiffons qu'elle portait sur son squelette. J'ai suffisamment attendu et elle a fini par déguerpir. On est comme ça. Pas fiers, mais tenaces.

J'ai vu Sakina. Elle fait des ménages. Toute sa vie elle fera le ménage. Il lui arrive de se mettre avec un type pendant des mois ou des semaines, mais Sakina ne tient pas en place. Il lui faut du nouveau. Elle gueule quand elle en a marre, se tape la tête contre les murs en pleurant. Elle veut mourir de cette vie empoisonnée qui lui donne la nausée au milieu des rats qui grimpent sur elle la nuit, l'empêchent de dormir, fourrent leurs museaux entre ses seins sillonnés de grosses veines bleues sous sa peau si blanche.

Sakina adore caresser ses nichons en public pour troubler les passants qui louchent pieusement vers les melons suspendus à sa devanture. Elle n'est pas chiche non plus de ses faveurs. Il faut seulement savoir s'y prendre. Je l'ai invitée à visiter le musée. Elle n'a pas du tout aimé la salle des sciences naturelles. Elle lui a préféré celle des costumes et tableaux, alors que j'adore les monstres noyés dans le formol. On a failli se disputer. J'ai rétrogradé à temps. Il ne faut pas fâcher Sakina. Elle m'a laissé lui mettre la main sous la robe, l'a coincée entre ses jambes et nous sommes restés un moment assis dans un coin, mon bras enfoncé jusqu'au coude dans les plis de tissus et de graisse. Ça sentait le chocolat brûlé. Elle a poussé un soupir avant de se lever brusquement, m'arrachant à mes songes. Elle m'a promis d'y revenir un jour. « C'est tranquille ici, si discret, et puis il y a tant de bêtes bizarres. Tu dois aimer ça, toi ! » C'est tout ce qu'elle a trouvé à dire. Elle a repoussé mon offre de faire un détour par chez moi. « Patiente un peu. Ne te presse pas. On a le temps. » Sakina n'aime pas être prise d'assaut. Je vais attendre. L'opiniâtreté est une vertu ancestrale. Reculer, guetter, talonner puis bondir. Je ne suis pas Qamraoui pour rien. On a été dressés pour la chasse, aucun gibier ne nous résiste. Je vais lui offrir le tablier bleu qui traîne dans la cuisine. Il est tout neuf, enfin presque.

L'ordure l'a porté une ou deux fois avant de décamper. Je vais trouver du papier cadeau et acheter un mètre de ruban. Sakina n'en reviendra pas.

Je suis allé flâner du côté du port. Le monstre est assoupi. Pas de bateaux ou si peu. Les grues rouillent. Les dockers ont transformé les quais en terrain de football sous le regard des vieux, tassés à l'ombre des hangars. En dehors des cimentiers grecs et des cargos américains déchargeant le blé que ce pays produit chichement, plus rien n'arrive. Y'a rien à faire, y'a rien à manger non plus. Il faut roupiller. On dort du soir au matin et du matin au soir lorsqu'on ne taille pas une bavette. Ce pays est une aubaine. Dire qu'un type comme moi est devenu bibliothécaire. Avec primes et promotion annuelles en sus. Attila assure la couverture. Il m'a dit : « Fais le mort, je m'occupe du reste. » Il a eu raison. Chaque mois, je lui refile des cadeaux, une partie de ma paye. Quand ce n'est pas un pantalon, c'est une paire de chaussures, une veste, un sac de semoule. Lorsqu'il est à sec, il exige des biffetons. Il m'emmène à la poste, remplit le chèque, empoche une tranche du salaire. Voler ? Oui, mais pas devant tout le monde. S'arranger toujours pour en laisser aux autres. Pas de miettes, surtout pas. Sinon c'est les tribunaux, le grand cinéma, la prison. Elle m'a toujours traité d'idiot parce que je ne sais pas manger. Manger des livres ? Impossible de les vendre et si lourds à porter. Chaparder de vieux bouquins pour les négocier au marché aux puces ? Non, merci. Attila ne le permettrait pas. Les rayonnages, c'est son affaire. En dehors des nouveautés, il pique les ampoules, démonte des étagères, des serrures, des robinets. Bientôt, il s'en prendra aux chasses d'eau.

Il s'est arrangé avec les femmes de ménage pour avoir sa part de détergent et de grésil. La photocopieuse a déjà filé, un composant après l'autre. Y'a plus que la carcasse. Elle restera là. Pour sacrifier à l'inventaire annuel, il fait semblant de laisser quelque chose. Si ça continue, il s'en prendra aux vitres. Déjà qu'elles ne sont plus remplacées. L'hiver, il ne fait pas chaud dans la grande salle. Les manomètres du chauffage central ont pris la poudre d'escampette. Au sous-sol ne subsistent que la grosse cuve et des tuyaux.

Pour sa remise en état, le directeur a demandé des devis à trois chauffagistes. Ce bidule ne marchera jamais plus. Il le sait très bien. Il s'arrangera pour donner le boulot à un de ses copains. Les autres devis iront à la poubelle. C'est juste pour faire sérieux. Retapée avec de vieilles pièces, la machinerie hoquettera une dizaine de jours puis rendra l'âme. Le directeur piquera une colère, évoquera un sabotage. Attila entrera en scène et rédigera un rapport circonstancié sur les activités d'un groupe de saboteurs infiltré dans la bibliothèque. On pouffera de rire. L'affaire sera classée. Un bon directeur se juge à son budget. Il faut se contorsionner, attraper le torticolis pour grossir les postes de dépenses. S'il est maigre, le type se fera lessiver. Celui qui ne fait pas bouffer est un excentrique ou un minable. On s'en débarrasse. Les fournisseurs sont de la partie. Ils aident directeur et agents à arrondir leurs fins de mois. Attila ne partage rien. Surtout pas les sandwichs qu'il se fait livrer par le rôtisseur d'en face. Ils ont le même penchant pour les garçons et se racontent des histoires immondes sur les étudiants qui se couchent pour un repas. J'ai la nausée.

En face, c'est la guerre. La mairie a décidé de transformer le square, envahi par les vagabonds, en pépinière. L'affaire a été vite conclue. Les SDF ont été délogés à la matraque. Il y a eu des cris et du sang. Les cars de police ont bloqué les deux côtés du boulevard et les rues adjacentes. Attila a chassé les clochards qui avaient trouvé refuge dans la bibliothèque. Les policiers les attendaient dehors. J'ai observé ce remue-ménage de la petite lucarne. Bientôt un mur s'élèvera autour du terrain attribué au père de la juteuse idée. La pépinière, c'est un rideau de fumée pour dissimuler la transaction qui se trame. Dans quelques mois, l'heureux bénéficiaire, un lointain parent d'Attila, achètera le terrain pour une bouchée de pain. Mon chef se frotte les mains. Son arrière-cousin lui a promis un magasin au rez-de-chaussée de l'immeuble qu'il projette de construire. Attila se fait des idées sur sa retraite dorée, mais ce ne sont pas mes oignons. Si j'ouvre la bouche, il me tordra le cou. J'ai assez à faire avec mes lézards. Bilal me donne des soucis. Hier soir, il eu une épouvantable diarrhée. Je ne sais quoi faire. J'ai peur qu'il crève. Bilal, c'est le chef des lézards. Intelligent, adroit, d'une beauté peu commune, il est fâcheusement hargneux. Il ne laisse aucun congénère approcher la friandise que j'apporte chaque soir. Il s'est empiffré avec les loukoums que j'avais dénichés dans la poubelle d'un marchand de douceurs. Étaient-ils empoisonnés ? Si le type les a jetés, c'est qu'ils ne valaient plus rien. Ça a fait des dégâts dans l'estomac du petit. Je vais potasser le dico des vétérinaires pour en savoir un peu plus. Après, je ferai une petite sieste. Ces événements m'ont mis les nerfs en pelote. Je ne sais dans quel état je retrouverai Bilal à mon retour.

Bilal est mort. J'en veux au monde entier. Le destin est contre moi. Déjà, le jour de ma naissance, la nuit tomba à dix heures du matin. Agenouillés dans les ruelles, les hommes pleuraient, les femmes hurlaient, et les ânes se mirent à braire. On appela à une prière d'urgence. Ce même jour, le muezzin trouva la mort dans l'étroit escalier de bois qui mène au minaret, une chèvre entre les jambes. Terrorisé, son remplaçant s'emmêla les fils et faillit être lynché. Il avait appelé à la fornication générale en confondant *niquah*, copulation, et *fallah*, réussite.

À ma mère qui me mit au monde en cette nuit diurne, une accoucheuse annonça qu'elle venait d'enfanter d'une chose bizarre. Je devais être désenvoûté ou jeté dans un puits. Ma mère prit peur et courut se réfugier chez son père. Ce dernier la chassa. « Qu'elle retourne d'où elle vient ! », hurla t-il, la rage battant ses tempes. Il n'avait jamais accepté le gendre imposé par la misère, lui qui avait refusé de livrer sa fille à ce va-nu-pieds. Lorsque ses affaires périclitèrent, Aissa, mon grand-père paternel se rapprocha de lui, cultiva son amitié, lui prêta de grosses sommes d'argent, le noya dans les dettes. Le jour ou la corde étrangla le cou de l'ennemi, il exigea la main de Fatiha pour son aîné. Réduit à avaler son avilissement, Kaddour consenti à ce que sa fille rejoigne la maison rivale. Cette année-là, il se convertit à la religion communiste et fréquenta assidûment ses adeptes. Drapé d'un burnous rouge, il haranguait les foules, promettant l'instauration de la cité idéale lorsque les troupes du frère Staline débarqueraient. On attendit longtemps. Ce furent des nuages de sauterelles qui couvrirent le soleil dans un vacarme assourdissant. Trahi par Staline, Kaddour renia les siens, oublia ses partisans et s'enferma dans un monastère ensablé au pied de la montagne Noire. C'est là que la mort le surprit après la prière de l'aube, ses membres décharnés à peine couverts par le burnous rouge qui avait survécu à tant de trahisons.

Bilal est mort. Je suis de nouveau seul. Je tourne dans les deux pièces, suivi par ma troupe de lézards en deuil et je pleure le chef de mon armée, ce combattant téméraire qui eut la faiblesse de dévorer les loukoums de la fatalité. J'ai tué Bilal, je l'ai assassiné sans le savoir. Que répondrai-je au juge qui m'accusera d'avoir dézingué le meilleur des lézards ? Je vais sortir. Un peu d'air me fera du bien.

Le soir, les rues se vident par enchantement. On entend des tirs de mitraillettes, des grenades qui explosent au loin. Les artères sont jonchées de cadavres. Heureusement que Bilal ne sortait pas. Il aurait été écrasé par un char ou arrêté pour rébellion. Tout est confus, l'obscur ballet se joue à guichets fermés. La mort plante ses canines dans la chair des plus jeunes. Les vieux crèvent en regardant leurs enfants expirer sur les trottoirs. Deux voisins ont disparu, enlevés par des mains surgies de la nuit. Je devrais faire attention. Attila a menacé de me dénoncer si je ne lui accorde pas une augmentation car, a-t-il dit, c'est la guerre.

Les protections sont de plus en plus onéreuses. Il m'a proposé de compenser en logeant un de ses cousins. J'ai refusé. Je tiens à mon intimité. Que dirait l'étranger à la vue de mes pensionnaires ? J'ai préféré accorder une rallonge à Attila.

Je me suis masturbé dans les toilettes, face à la photo de Madonna. Attila a dû m'entendre. Il a tambouriné sur la porte en hurlant : « Sors de là, salaud, je sais ce que tu fais. » J'ai remonté mon pantalon aussi vite que j'ai pu. Lorsque j'ai ouvert, Attila s'est précipité, a reniflé, m'a pris par les deux oreilles et s'est mis à me cogner la tête contre le mur en gueulant : « Je t'avais dit de ne plus faire tes saloperies ici, crapule, bon à rien ! Tu vas me nettoyer tout ça vite fait, sinon j'appelle le dirlo. » De peur qu'il ne mette ses menaces à exécution, je suis allé lui chercher un double sandwich pour qu'il se calme. Me voyant débouler dans son gourbi, le rôtisseur m'a lancé : « Alors, Zerzoumia, t'en as encore fait une bien grosse ? » J'ai rougi devant les clients. Comment avait-il fait pour savoir ? Attila s'est détendu après avoir dévoré ses merguez puantes. Il m'a dit : « Tu sais, je ne t'en veux pas. Mais c'est mal ce que tu fais. Dieu interdit la masturbation. Tu devrais plutôt… » Et puis, il n'a rien dit. Je sais à quoi il pensait. Juste après, il m'a ordonné de laver les toilettes à grande eau : « Où veux-tu que j'en trouve ? lui ai-je répondu. Tu sais parfaitement que le réservoir est vide. » Il a ricané. « Au lycée, ils te prêteront bien un jerrican ou deux. S'il n'en n'ont pas, va la chercher à… Ça te fera les jambes. » C'est un salaud et un pervers. La source se trouve à l'autre bout de la ville.

Le concierge du lycée m'a accueilli avec sa gueule de bouledogue qui fait la grève de la faim. « D'abord, m'a-t-il répondu, nous n'appartenons pas à la même administration et puis j'en ai marre d'être continuellement dérangé. Ici, ce n'est pas un bastringue. J'ai déjà prévenu ton chefaillon. Vous me faites chier avec vos continuelles demandes. Organisez-vous, gérez vos réserves, rationnez ! Tandis qu'on inculque aux nouvelles générations l'économie des restrictions, vous, vous foutez tout par terre avec votre gaspillage. » J'ai dû ingurgiter son discours avant qu'il ne m'autorise à remplir mon bidon au robinet. Il m'a raccompagné jusqu'à la sortie. « À propos, m'a-t-il soufflé à l'oreille, recommande au sadique de ne pas s'agiter autour des élèves. Si j'entends la moindre rumeur, je lui casse sa tronche de pédéraste. » Je n'ai évidemment rien dit à Attila. Tout le quartier est au courant. De quoi je me mêle ? J'ai assez à faire avec mes propres ennuis.

***

Le mariage s'est passé comme il devait se passer. Nous avons attendu pendant plus d'une heure avant que le maire ne nous autorise à signer son registre. Les témoins, c'étaient des copains au crasseux qui est dorénavant mon beau-fils. Je me suis retenu de pleurer. Le pantalon était trop étroit et la veste, je n'en dis rien. J'avais l'air d'un boudin ficelé dans un torchon sorti de la naphtaline. Je vais mettre de l'argent de côté pour m'acheter un costume.

Je suis revenu à la maison honteux d'avoir fait si piètre figure. Ce qui m'a le plus gêné, c'était les chuchotements dans mon dos. « C'est lui le père ? Ah !... » Je n'en dis pas plus. Ils auraient préféré m'éviter. Sur le chemin du retour, je me suis arrêté chez Haloufa. Il m'a emballé deux bouteilles de rouge dans du papier journal. Lorsque j'ai demandé un sac, il m'a répliqué qu'il les réservait aux clients. « N'en suis-je pas un ? », lui ai-je dit. Il s'est contenté de jeter un sachet sur le comptoir.

Je suis arrivé en nage à ma porte. Un salopard avait chié devant. Ils ne se gênent plus. Ils pissent et défèquent sur mon seuil tous les jours. Ça ne se passera pas comme ça. Je déposerai plainte. Je leur en ferai voir. Ils veulent me chasser de mon logement. Le voisin d'en face espère agrandir son deux-pièces en me faisant déguerpir. Je ferai venir Attila. Il leur montrera de quel bois il se chauffe.

Le jour où ils verront débarquer ses petits soldats, ils sauront à quelles épines ils se sont frottés. Ces gens sont des recasés de la dernière vague. Ils ont détruit eux-mêmes leurs taudis pour être relogés. Des chiens qui chient, des gosses qui se soulagent partout et mangent par terre. Je les hais, je leur ferai voir. Ils me persécutent jour et nuit et empêchent mes petits de dormir. Plus question de faire la sieste. Attila leur fera vomir du sang, leur hémoglobine teintera les murs de cette cité de merde. On va raser leurs trous à rats. Ils iront loger dans les grottes, comme ceux qui ont pris d'assaut la montagne et s'entassent sur ses flancs. Le feu purifiera tout. S'ils n'arrêtent pas de m'enquiquiner, je brûlerai cette putain de cité. Les pires sont ceux du bloc 12. Ils m'insultent et me crachent dessus, ce sont des aboyeurs. Je hais les chiens ! Je les enverrais au pavillon de monsieur Koch. Je vais lui écrire. Il ne faut pas soigner la tuberculose, il faut la répandre. Qu'ils crèvent tous ! Il faut fermer l'hôpital. Pas de pitié pour les ennemis de la nature, rien que des lézards, partout des lézards. Bande d'enculés, dégueulasses, pourris, ça vous apprendra à me traiter de Zerzoumia.

Ça y est. Pour dissimuler sa face de rat, Attila s'est laissé pousser la barbe. Encore un clébard. Ce matin, il m'a demandé de l'imiter, sinon ça va castagner. On ira tous au paradis, la bite en avant, le froc sur les tibias. « Dieu est clément », m'a-t-il dit, après s'être offert un petit dans les toilettes.

Des amis à lui, visages de fouines crachés par le cul de Dieu, sont arrivés. Je suis allé leur chercher du thé. Leur réunion achevée, Attila m'a convoqué dans son réduit pour me dire de la fermer. « T'as rien vu, rien entendu. Ce sont des frères. » Tiens, le diable a des frères. Ils veulent foutre la merde, c'est leur problème, mais Attila se fourre le doigt dans l'œil. Je ne dirai rien s'ils me laissent tranquille. Mes lézards n'ont pas de religion. Et moi non plus. Je hais les cabots qui se font sucer par les enfants. La complotite s'est répandue. Aouicha, la femme de ménage de la grande salle, a informé Attila que le directeur tripote Malika, la secrétaire. Attila lui a demandé de les surveiller. La Gestapo tient à la réputation de la maison. Il n'a pas cessé de caresser le cul de Aouicha tout en parlant. La poufiasse riait. Encore une qui donne à son mari des os à ronger et offre son fondement au diable qui lui susurre des cochonneries. Je vais avertir Malika. Celle-là, elle ne se doute de rien. Un jour, elle tombera enceinte. On dira qu'elle s'est fait engrosser par le Saint-Esprit.

C'est la faute à ma mère. C'est elle qui a voulu que je vienne au monde. Elle a traficoté plein de choses pour que je ne crève pas à ma naissance. Qu'avait-elle à me faire ingurgiter des saloperies pour que je survive au typhus ? Tout est de sa faute. Je serais né lézard, personne ne s'amuserait à chier devant ma porte. J'ai informé Attila des agressions que je subis. Il m'a ri au nez. « Débrouille-toi avec eux ! », a dit l'empoisonneur.

Je croyais qu'il allait me défendre. Au lieu de ça, il s'est mis à cueillir des boulettes en farfouillant dans ses narines. « Va voir la police, c'est pas mon affaire », a ajouté le trognon de navet. J'ai pas osé le coincer contre le mur pour lui faire avaler ses dents de plastique. Ce crétin est capable de tout.

Je vais quitter ce pays. Je n'ai personne à qui parler, tout le monde me hait. Elle est partie, ma fille passe ses nuits dans les bras d'un barbeau et moi je reste avec mes lézards ; il n'y a qu'eux à qui je puisse causer. Avant de décamper, je foutrai la merde. Ils se souviendront de moi. Et puis je ne leur laisserai pas mes lézards. Ils vont le regretter. Ils racontent tout le temps des saletés sur mon dos. Des ignominies. Certains colportent que je suis un assassin. Leurs saletés ne me touchent pas. Ils peuvent rester les pieds dans leur merde, personne ne convoitera leur place. Avant, ils me craignaient, ils avaient peur. Maintenant, ils haussent le ton, singent ma démarche lorsque je rentre en rasant les murs pour éviter qu'ils ne croient que je drague leurs femmes. Draguer leurs matrones ! Il faut avoir un sacré appétit pour en vouloir. Des guenons attifées à la va-comme-je-te-pousse, le visage emplâtré de couches de poudre qu'on leur fait passer pour du fard à joue parisien. Moi, un assassin ! Elle est partie de son plein gré. Je ne l'ai même pas poussée. Si, un peu. Elle me bouchait la vue. Et puis partager la vie d'une crasseuse pareille, il faut le faire. J'ai tout supporté, je n'en pouvais plus. C'est quand même pas croyable : la victime qui devient bourreau. Y'a que dans ce pays de merde que ça arrive. Un de ces jours, je balancerais des grenades sur leurs gueules. Cette cité qui pue le vomi et les égouts explosera. Ils auront les tripes en l'air et leurs sales nez ne leur serviront à rien. Ils ont dressé leurs gosses à me renifler. Dès que j'apparais sur le carré de terre nue entre les bâtiments – ils nomment ça la placette ! –, la meute se jette sur moi et, *snif*, *snif*, me poursuit jusque sur le palier. J'ai beau ruer, lancer mes poings à la recherche de leurs faces, rien n'y fait. Ils ont élevé leurs roquets pour la chasse. Si on a baptisé notre cité « La poubelle », c'est de leur faute. Plus personne ne s'y risque. Ils jettent leurs ordures par toutes les ouvertures. Les collines d'immondices s'entassent les unes sur les autres. Un jour, ils n'auront plus besoin d'escaliers. Il leur suffira de glisser sur ces toboggans pour être dehors. Dans la préhistoire, ils faisaient pareil. Ils déposaient leurs déchets à l'entrée de la grotte. La nuit, les fauves venaient se servir. S'ils trouvaient le garde-manger vide, le type leur jetait sa femme ou un de ses mioches puis retournait dormir. Le lendemain, il annonçait à ses copains qu'il avait fait un sacrifice. Il arrivera la même chose à cette tribu de sauvages. Un jour, ils jetteront leurs enfants par les fenêtres. Et *vlan* ! Un de moins, un !

Des policiers sont venus. J'étais absent. Le voisin d'en face bavait. Il n'attendait que ça. Qu'est-ce qu'ils me veulent encore ? Je leur ai tout dit. Elle a disparu, on ne va quand même pas en faire une salade. Ça arrive tous les jours. Une bonne femme fait ses valoches et se tire, c'est quand même pas la fin du monde. Moi, je n'ai rien dit. Ce sont les voisins qui ont alerté la police. Ils prétendent que je l'ai fait disparaître. Est-ce que je sais où elle niche en ce moment ? S'ils veulent la retrouver, grand bien leur fasse. Qu'elle ne revienne pas ici. Je ne veux plus la voir. C'est moi qui décide. Elle m'a assez empoisonné comme ça. Quand j'ai été à la police, je leur ai tout dit. J'ai gardé pour moi certaines choses. C'est normal. Un Qamraoui a le sens de l'honneur. Il ne révèle pas au premier venu le dessous de ses affaires.

Et voilà qu'ils reviennent. Ils veulent sans doute fouiller l'appartement. Les lézards resteront à leur place. Il ne faut pas qu'ils s'imaginent que je vais changer d'habitudes. Ils ne trouveront rien. Un innocent ne s'agite pas parce que les poulets fouinent chez lui. Il leur faut un papier du procureur, sinon du balai ! Je connais ces fouille-merde. Une engeance de crapauds, de tordus et d'assoiffés. Ils tirent le diable par la queue et se prennent pour des surhommes. Ils ne s'en prennent qu'aux faibles. Les femmes flics, c'est pire. Ces cafteuses te font les yeux doux, te glissent des gentillesses à l'oreille, des regards en biais et puis *hop*, elles t'embarquent. Je m'en méfie, je m'en méfie. Des fois, je me dis que je devrais changer d'air. Ce serait plus sympa et puis des fois je dis : Eh bien non ! Je resterai ici. Je suis chez moi. Ils ne pourront pas me chasser. Je leur ferai la guerre, je les tuerai un par un. Ils en veulent à mon logement. Je le sais. Ils feraient n'importe quoi pour m'éliminer. Et en plus, ils ne savent rien à propos des lézards. Ils auraient déjà écrit aux journaux, les bobardiers seraient venus fureter, auraient écrit des mensonges, je serais la risée du quartier, de la ville, du pays, peut-être même du monde entier. Ça va vite, les nouvelles.

Ce matin, j'ai rencontré le poulet qui m'avait brutalisé au commissariat. Pour se disculper, il m'a déclaré qu'il était dans un mauvais jour. « Acceptez mes excuses, m'a-t-il dit.

– Peut-être, peut-être, ai-je répondu. Mais ce n'est pas une façon de se comporter avec les honnêtes gens. Je n'ai rien fait de mal.

– Vous savez, on n'est pas toujours sûr de ce que les gens racontent. Nous devons être sur nos gardes, vérifier qu'ils ne nous mènent pas en bateau. Des gens comme vous, on n'en voit pas souvent, ne m'en veuillez pas. Vous prendrez bien un noir en ma compagnie ? »

Du coup, je l'ai trouvé sympa. On a été prendre un jus pour parler de choses et d'autres. Il m'a laissé entendre que mes voisins, pas tous heureusement, disaient du mal dans mon dos. C'est courant, a-t-il reconnu. « Si la police devait avaler ce que les gens déversent sur leur prochain, on n'en finirait pas. »

Je l'ai remercié en lui signalant que j'étais au parfum. « C'est à cause de l'appartement.

– Je ne comprends pas…

– C'est pourtant simple. Ils voudraient que je déguerpisse pour l'occuper.

– Mais enfin, c'est votre logement, vous en êtes bien locataire ?

– Ça ne les empêche pas de se faire des idées. Depuis que ma femme n'est plus là, ils le convoitent. Il n'est pas dit que l'Office des HLM accède à leur demande.

– C'est stupéfiant !

– Pas tant que ça. On a bien vu des gens partir en voyage et trouver leur porte murée à leur retour. Le voisin s'était entre-temps agrandi.

– Mais, la loi…

– Oh, la loi, vous savez…

– Vous ne direz pas que les autorités tolèrent de tels comportements.

– Où vivez-vous donc ? Je ne voudrais pas vous critiquer, mais ouvrez les yeux. Ces choses-là sont devenues banales. »

Nous nous sommes quittés après qu'il m'eut déclaré qu'il me trouvait sympa.

Ce matin, il est revenu frapper à ma porte. Pas

seul. Il m'a collé un bout de papier à la figure, puis s'est engouffré avec ses copains dans le couloir. Je n'ai rien pu faire. Ils se sont bouché le nez et ont foncé dans les chambres. Affolés, les lézards couraient dans tous les sens. J'ai tempêté. Personne ne m'a écouté. Ils m'ont jeté à terre et menotté. Je me suis retrouvé, moi, Brahim le Qamraoui, entravé tel un mouton. Ils ont confisqué les couteaux rouillés avec lesquels, disent-ils, je l'aurais dépecée pour offrir sa bidoche aux lézards.

Dehors, la foule hurlait.

Amin Zaoui est né en Algérie en 1965. Écrivain bilingue (français-arabe) et universitaire, victime d'un attentat à la bombe, il est contraint à l'exil en France pendant quatre ans. En 1999, il rentre en Algérie et devient en 2002 directeur de la Bibliothèque nationale. Son programme de conférences et de manifestations, trop ouvert aux écrivains et aux intellectuels de tous horizons, selon certains, a cependant déplu. Il est limogé de son poste en octobre 2008, ce qui provoque un grand malaise dans les milieux intellectuels de l'ensemble du monde arabe. La Bibliothèque nationale était un des derniers lieux véritablement ouverts à la liberté d'expression en Algérie.

Bibliographie : Il est l'auteur des romans *Sommeil du mimosa* (1997), *La Soumission* (1998), *La Razzia* (1999), *Haras de femmes* (2001), *Les Gens du parfum* (2003) et de l'essai *La Culture du sang* (2003), tous publiés au Serpent à Plumes. Ses deux derniers romans, *Festin de mensonges* (2007) et *La Chambre de la vierge impure* (2009) sont publiés aux éditions Fayard.

L'Honneur de la trahison

Je suis la démone !

La tentation.

Je suis la séduction ou la sédition !

Je m'appelle Laya. Mon père me surnomme Léa. Mon grand-père maternel, quant a lui, m'appelle Aya. Je suis tous ces noms et plus. Je ne suis rien. Enfant, je sentais que ces noms ne me suffisaient pas. Je suis plus grande que tous les noms. Je porte, en plus de cela, deux autres sales sobriquets : Zefta et Llama.

Je suis fière de mon pluriel ! Je suis plus qu'une !

Ma sœur jumelle s'appelle Racha ou Rachida. Elle n'a pas besoin de nom parce qu'elle est folle. Et elle oublie son nom. Et elle répond à tous les appels, à tous les noms, masculins comme féminins. Elle aussi elle est plurielle !

En réalité, Racha-la-folle n'est pas ma sœur jumelle, mais ma sœur de lait. Nous avons tété les mêmes seins, ceux de ma mère et ceux de ma tante.

Et cet homme qui vit avec nous, Youssef, je l'appelle mon père. En réalité, il est le mari de ma mère, c'est-à-dire mon beau-père. Il est plus jeune que ma mère de quinze ans. Il s'est marié avec elle quarante-cinq jours après la mort tragique de mon père. Mon père était le plus célèbre puisatier de la région. Il est mort noyé dans un puits. On a découvert son corps totalement décomposé vingt-cinq jours après sa disparition.

Je n'ai jamais été convaincue que sa mort était un simple accident. J'ai toujours douté de ce Youssef. Il a le sang de mon père sur ses mains. Il était fou amoureux de ma mère. Et pour se marier avec elle, il s'est débarrassé de mon père.

Youssef, affirment les gens du quartier, était un collabo, c'est-à-dire un harki. Il œuvrait dans les rangs de l'armée coloniale. Il n'a rien trouvé de mieux pour se venger de mon père, lui qui fut un moudjahid, que de le tuer.

Les voisins racontent que, lorsque mon père est descendu du maquis pour passer la nuit avec ma mère, c'est elle qui a révélé sa venue à Youssef, et que ce dernier a décidé d'en finir avec lui. C'est ainsi qu'il a mis la main sur ma mère.

Elle était belle et séduisante.

Je ne suis pas sûre que cet homme méchant soit capable d'aimer. Celui qui tue ne pourra jamais aimer.

La paume de ma main droite me gratte, cela signifie que je recevrai une somme d'argent. Ma main me gratte souvent mais je n'ai jamais eu la moindre petite pièce d'argent.

Les jours, comme les serpents, changent de peau !

Au début, je n'aimais pas le regard de Youssef. Ma sœur Racha le boudait.

J'ai onze ans. Je sais lire et écrire en arabe comme en français. Assise sur les genoux de mon père, ou plutôt de mon beau-père, c'est-à-dire le mari de ma mère, en quelques jours, j'ai appris une dizaine de sourates du Livre saint le Coran et tout l'alphabet français.

Les hommes, comme les serpents, changent de peau !

Cet homme m'aime peut-être plus que sa femme, c'est-à-dire ma mère. Ce nouveau comportement, doux et passionné envers moi, trouble et embarrasse ma mère, et, de temps à autre, il la rend folle de jalousie, et prête à m'égorger et à boire mon sang chaud.

Mais moi j'aime ma mère plus que cet homme qui n'aime pas ma mère et m'aime.

Dès que je pense à la mort de mon père, je veux me venger de ma mère parce qu'elle a été la complice de son amant dans cette mort. Cela est relaté par tous les voisins.

J'ai vite grandi. Chaque matin, je me regarde dans le miroir, et je trouve que ma poitrine gonfle un peu plus. L'attitude de cet homme envers moi a changé. Ses yeux brillent d'un feu étrange.

Ma mère, elle aussi, ne lève pas son regard de mon corps. Devant mon beau-père, elle me demande de cacher ma poitrine, mon cou élancé et le vert de mes yeux.

Cet homme ne me fait plus peur. Grâce à lui, j'ai appris par cœur les quelques sourates du livre d'Allah avant même d'entrer à l'école publique du village. C'est lui qui m'a appris à faire mes ablutions et m'a initié aux cinq prières quotidiennes. Il m'a aussi appris à écrire correctement mon nom en français.

Ma mère voulait que je sois une bonne maman à son image. Ma sœur de lait voulait que je reste toute ma vie dans son lit, et mon père, mon vrai père, souhaitait que je sois institutrice. Quant à mon beau-père, il voulait que je reste comme ça, assise sur ses genoux, à apprendre le Livre d'Allah ou à lui chanter l'alphabet français de A à Z.

Le jour où il m'a lancé : « C'est à cause de toi que j'ai accepté de me marier avec ta mère », je n'ai rien compris. J'ai souri et je lui ai collé un gros baiser sur la joue droite et un autre plus long sur la gauche.

Mais aujourd'hui, il m'a suivi dans le grenier, une sorte de débarras sombre. Il m'a serrée fort dans ses bras frissonnants. J'ai senti quelque chose qui enflammait mon corps mais je l'ai repoussé.

Le lendemain, j'avais oublié. Assise, en princesse, sur ses genoux qui tremblaient, j'ai continué à apprendre les paroles d'Allah et à recopier plusieurs fois mon nom en français.

Les jours changent, les hommes aussi !

L'heure du démon !

Une autre fois, à l'heure de la sieste, il m'a suivie sur la terrasse. Il m'a surprise dans la buanderie en train de laver mes sous-vêtements et ceux de ma sœur la folle qui était toujours gracieuse et propre. Il m'a prise par derrière et j'ai senti son gros sexe dur et tendu dans mon dos. Je n'ai rien compris. Je l'ai laissé m'embrasser sur la bouche et dans le cou. Quand ma mère m'a appelée, il m'a demandé de ne rien dire à propos de ce que nous avions fait. En fait, nous n'avions rien fait : c'est seulement mon beau-père qui me serre dans ses bras et me couvre de baisers. Cela me fait énormément de bien et suscite en moi du plaisir.

Et j'ai menti à ma mère.

Pourquoi ma mère m'a-t-elle dit sur un ton menaçant : « Ne monte jamais toute seule sur la terrasse » ?

Qu'y a-t-il sur cette terrasse ?

Mon beau-père me guette. Ma mère aussi.

Après cette remarque de la part de ma mère, tombée dans une oreille vivante, obéissante, soumise, j'ai demandé à ma sœur de m'accompagner sur la terrasse.

J'aime bien aller sur la terrasse parce que, une fois dans ce lieu magique, je peux toucher le ciel, cueillir les étoiles et surprendre les secrets des voisins derrière leurs fenêtres : des femmes nues couchent avec des hommes, eux aussi presque nus ; des jeunes filles préparent des frites ; des vieux font la prière ; quelques chats, de la musique forte, des chansons de Cheikha Remiti ; des liseurs du Coran ; des enfants jouent avec des chats...

Quand Racha m'accompagne, mon beau-père est plus à l'aise. Nous nous enfermons tous les trois dans la buanderie, là où ma mère range les vêtements sales et les bassines en plastique, des bassines de toutes les couleurs. Il glisse une pièce de monnaie dans la main de ma sœur la folle en exigeant qu'elle n'ouvre pas les yeux, sinon il reprendra la pièce. Et ma sœur Racha, heureuse de sa pièce de monnaie, les yeux bandés par un foulard noir, cache son petit visage dans ses mains.

Il m'a prise dans un coin, m'a posée sur une vieille banquette, m'a déshabillée et a commencé à jouer avec mes petits seins et mon petit vagin couvert d'un léger duvet lisse et fin. Mon corps frissonnait. Je ne voyais pas ses yeux, mais je sentais son gros sexe sur ma poitrine et entre mes fesses. Il ne me faisait pas mal. J'ai trouvé le jeu excitant et savoureux. Perdue à sa place, ma sœur demandait de temps en temps à mon beau-père : « J'ai peur du noir, est-ce que je peux ouvrir les yeux ? » Lui, dans un état second, murmurait en haletant comme toujours : « Non, non, ou bien je serai obligé de reprendre la pièce. » Ma sœur s'est tue en serrant sa paume un peu plus fort sur la pièce d'argent et en fermant les yeux.

Un jour, ma mère était absente et Racha faisait sa sieste. Mon beau-père m'a demandé de monter sur la terrasse pour lui chercher une chemise accrochée à la corde à linge. Une fois sur la terrasse, je me suis retournée pour le trouver derrière moi. Je savais qu'il allait me conduire dans l'obscurité de la buanderie et m'allonger sur la banquette. Je l'ai suivi. Il était excité, moi aussi. Ce jour-là, il m'a déshabillé complètement et a mis son gros sexe dans mon petit vagin. Au début, il a eu quelques difficultés pour le faire entrer. J'ai été mouillée. D'un mouvement sec et ferme il m'a pénétrée, et j'ai poussé un cri. Il a mis sa main sur ma bouche. J'ai senti une douleur entre les fesses. Quelques gouttes de sang ont coulé de mon petit sexe. Il m'a dit de ne rien dire, ni à ma mère, ni à Racha-la-folle. Il était agité.

Le lendemain, de bonheur, mon beau-père nous a conduites, ma sœur et moi, chez notre cousine paternelle. Nous sommes restées chez elle trois semaines.

Et quand il est revenu nous chercher, il était content de me voir. Je n'avais plus mal entre les fesses. Le soir même, chez nous, nous sommes montés sur la terrasse, et il m'a fait l'amour.

Il m'a manqué, mon beau-père !

Après une absence de quatre semaines, je suis retournée à l'école. Je suis allée en classe de CM2.

Après mon retour de chez ma cousine, nous faisions l'amour une fois par jour, sur la terrasse comme sur le lit parental.

Ma mère n'en a rien su. Et mon beau-père était content de moi. J'ai été capable de cacher ce secret.

Aujourd'hui, et pour la première fois, je remarque que ma mère a vieilli.

Elle me déteste. Elle finira par me jeter dans le puits abandonné au milieu du patio.

Je ne sais pas pourquoi mais, en présence de mon beau-père, je voulais me montrer plus grande ; ainsi je commençais à porter des chaussures avec des talons. Juchée sur ces talons pointus, je me sentais sur le point de m'envoler. Mes seins débordaient un peu plus. J'étais fière de ma poitrine. Mon beau-père lui aussi me trouvait séduisante. En l'absence de ma mère, en cachette, je portais ses longues robes et je fardais mes yeux de kohol. Je me regardais dans le miroir des heures et des heures en attendant mon beau-père. Je voulais être belle pour lui, à l'image de ma mère, et plus encore.

Je voulais lui faire oublier ma mère, la chasser de sa tête et de son cœur. Je savais qu'elle n'habitait plus le cœur de son homme. Son cœur était à moi maintenant.

En fait, je me vengeais de ma mère pour sa complicité avec ce Youssef dans la mort de mon père.

J'ai vomi.

J'ai eu des troubles dans ma tête et dans mon ventre.

Ma mère a eu peur.

Elle s'est disputée avec mon beau-père. Mon beau-père criait fort en lui demandant de camoufler l'affaire.

J'imaginais que ma mère pensait me tuer pour se débarrasser de moi et de ce qui est caché dans mon ventre.

Je ne dormais plus, j'attendais qu'elle vienne en pleine nuit pour me tuer et me jeter au fond du puits abandonné.

Mon ventre gonflait. J'ai quitté l'école. Ma mère a dit à tout le monde que j'étais malade.

Pendant quatre mois, il m'a été interdit de sortir ou de recevoir la visite de quelqu'un de la famille ou d'étranger.

Même Racha-la-folle n'avait pas le droit d'entrer dans ma chambre qui a été déplacée au sous-sol.

Mon ventre a encore grossi. Mon beau-père est parti faire le pèlerinage de Al Omra[2].

Et quand le jour de l'accouchement est venu, c'est ma mère qui s'est occupée de ce boulot.

Ce n'était pas si difficile, le bébé est sorti au bout de quelques minutes.

Ma mère l'a vite caché chez elle. Elle lui a fermé la bouche pour qu'il ne pleure pas.

Ainsi, les choses sont faites.

Puis elle m'a demandé de ne rien dire à qui que ce soit, pas même à Racha-la-folle. J'ai été fière d'avoir donné un bébé au monde.

Mon beau-père, à son retour de La Mecque, s'est caché dans un village où il préférait rester aux côtés de sa sœur qui souffrait d'une maladie chronique.

2. « Petit pélerinage » à La Mecque. (N.d.É.)

Après trois semaines, j'ai repris l'école. J'ai été obligée de redoubler d'efforts pour rattraper les cours.

Ma mère a pris le bébé, et elle est partie chez ses parents pour leur annoncer qu'elle avait eu un enfant de son nouveau mari.

Elle lui a donné le nom de son grand-père. Et mon grand-père était content d'avoir un neveu, un garçon. Mon grand-père s'appelait Houcine, moi je voulais lui donner le nom d'un acteur que j'ai vu dans un vieux film égyptien, Samy.

J'ai eu mal aux seins, mais les choses ont vite passé.

Ainsi j'ai oublié mes douleurs et nous avions, ma sœur la folle et moi, un petit frère à la maison.

Anouar Benmalek, écrivain, poète et journaliste algérien d'expression française, est né en 1956 à Casablanca. Après des études de mathématiques à Constantine, il obtient un doctorat d'État en probabilités et statistiques à Kiev. Il est membre fondateur du Comité algérien contre la torture. Ses ouvrages sont traduits dans de nombreuses langues.

Bibliographie : *Cortèges d'impatiences,* poésie, Éd. Naaman, 1984, Québec ; *La Barbarie,* essai, Éd. Enal, 1986, Alger ; *Rakesh, Vishnou et les autres,* nouvelles, Éd. Enal, 1985, Alger ; *Ludmila,* roman, Éd. Enal, 1986, Alger ; *Les Amants désunis,* roman, Calmann Lévy, 1998, Paris, Prix Mimouni 1999 ; *L'Enfant du peuple ancien,* roman, Éd. Pauvert, 2000, Paris, Prix des auditeurs de la RTBF, Prix RFO (Réseaux France Outremer) 2001, Prix BeurFM-Méditerranée 2001, Prix Millepages 2000 ; *L'amour Loup,* roman, Pauvert, 2002 ; *Chroniques de l'Algérie amère,* Pauvert, 2003 ; *Ce jour viendra,* roman, Pauvert, 2003 ; *Ma planète me monte à la tête,* poésie, Fayard, 2005 ; *L'Année de la putain,* nouvelles, Fayard, 2006 ; *Ô Maria,* roman, Fayard, 2006 ; *Vivre pour écrire,* entretien avec Y. Merahi, Éd. Sedia, 2007, Alger ; *Le Rapt,* roman, Fayard, 2009.

L'Échangeur

inspiré d'une histoire à peu près véridique

J'ai alors cherché un morceau de sucre dans ma poche. J'en ai toujours pour les cas où j'aurais à veiller sans pouvoir prendre de café. Cela fait un moment que je ne prends plus de notes. Mes autres confrères aussi.

Nous avons entendu enfin la dernière communication.

J'ai posé le bout de sucre que je n'avais pas croqué dans le cendrier, puis je l'ai lentement recouvert de cendres de cigarette.

J'ai pensé tout à coup à Leïla, mais cela m'a ennuyé. Elle doit déjà être à B. depuis deux jours, à près de cinq cents kilomètres de là.

Ça bavarde beaucoup dans ma tête. Je n'arrive pas à me faire taire. Des phrases, des phrases, un bruit de fond irritant à la longue.

Oh et puis merde ! J'ai tiré plusieurs bouffées successives de ma brune pour avoir de la cendre chaude. Intrigué, mon voisin, un chroniqueur assez âgé d'une revue britannique, s'est mis à examiner mon manège.

Leïla m'avait dit : « Tu verras, il va proposer des élections, une amnistie peut-être, le salaud ! »

Là-bas, à la tribune, sous un immense panneau représentant un cerveau stylisé formé de plusieurs centaines d'engrenages brisés, le congressiste terminait sa péroraison. En anglais, avec un accent désagréable. À sa gauche, pendait le drapeau vert de l'émirat barré par un *Allah Akbar* rouge. « La couleur de leur *Allah* sur le drapeau aurait dû être aussi noire que ce pétrole épais qu'Il leur a distribué sans compter ! », avait persiflé une attachée de presse de mon ambassade, avant de se renfrogner devant mon absence de connivence.

– … Ainsi, cette jeune femme mariée, qui souffrait de constipation chronique et prenait des lavements journaliers, ne fut guérie que le jour où son thérapeute découvrit que sa maladie était liée au fait que son mari, un artiste intéressant mais totalement égocentrique, la négligeait. Il ne lui avait, par exemple, jamais offert le plus petit cadeau depuis leur mariage. Il en parla au jeune homme. Ce dernier, peu au fait des choses féminines, en repartit profondément convaincu de sa culpabilité. Le lendemain, la patiente avoua à son praticien qu'elle était allée spontanément à la selle. Elle ajouta, joyeuse, apparemment sans aucun lien avec ce qui précédait, que son mari lui avait offert pour la première fois depuis deux ans un magnifique bouquet de fleurs. Elle s'était servie de ce moyen infantile, la rétention de ses excrétas, pour exprimer inconsciemment son dépit envers son époux. Il faut donc en conclure que…

« Tu n'es pas un peu boursouflé dans ta dignité ? Et ne me fais pas le coup de celui qui a assez d'humour pour le supporter. Dans mon pays, tout le monde parle avec les yeux et avec les mains. Car celui qui parle avec la bouche risque de mourir. Toi, c'est autre chose, tu pourrais parler, mais mon pays regorge de trop de pétrole pour que le tien veuille se fâcher avec le mien ! »

Le bruit de fond continue de rouler son ressac.

Je me détesterais de l'aimer.

J'ai approché une allumette du cendrier. Après quelques essais infructueux, le sucre s'est enflammé. Mon voisin a souri car ce truc de catalyse ne marche pas toujours. L'air autour de nous a empesté le caramel grillé.

Le médecin, gros, très gros, de ceux qui, à cause des plis, sont incapables de trouver leur trou du cul sans tâtonner, a terminé son exposé. Un soupir de soulagement a moutonné la salle. Dans les limites de la politesse cependant, reconnaissants que nous étions d'être reçus comme des princes dans cet émirat littéralement dégoulinant d'or noir !

J'ai commencé à rédiger l'article que j'enverrai tout à l'heure par mail à mon journal. J'ai déjà trouvé le titre : « Le corps et l'esprit ou la colique de l'amoureuse ». Le rédacteur en chef appréciera sûrement, même s'il attend plutôt de moi un papier sur les derniers soubresauts politico-terroristes de l'émirat.

Un mouvement s'est fait dans l'hémicycle. Nous nous sommes réveillés de notre torpeur. Le président de séance a annoncé le discours de clôture du conseiller personnel de l'émir, en fait le fils aîné de ce dernier.

J'ai pris mes écouteurs de traduction simultanée. Je n'entends pas bien l'arabe et il était possible que l'homme mince, sévère dans son costume sombre, fasse une déclaration importante.

Il s'est avancé, a débuté par un *bismillah*[3] suivi de la litanie élogieuse des formules d'usage, comme une corvée dont il fallait se débarrasser auparavant avant de passer à l'essentiel.

Leïla, Leïla, je te vois maintenant, tes trente ou tes trente-cinq ans bouillant de colère.

Moi, il m'est difficile de me mettre maintenant en colère.

Puis le conseiller a pris un ton solennel. Malgré l'heure avancée et la fatigue, la vingtaine de journalistes présents, oreilles professionnelles en alerte, était tout ouïe.

– … Le plaisir d'annoncer, au nom de Sa Majesté, l'amnistie totale de tous ceux qui ont pris les armes contre l'État de notre pays, qu'ils soient d'un bord ou de l'autre, à la seule condition qu'ils se repentent sincèrement. Nous les invitons à discuter avec nous de la préparation d'élections qui auront lieu dès que la conjoncture le permettra. Le gouvernement s'engage à assurer leur complète sécurité. En ce qui concerne…

Leïla avait continué : « Et notre bastonneur en

3. Littéralement « Au nom de Dieu », formule prononcée par les musulmans avant d'accomplir certains actes de la vie quotidienne. (N.d.É.)

chef promettra qu'ils garantiront la sécurité de leurs opposants ! »

Le rejeton de l'émir parle, argumente. Il a l'air sincère. Tout au moins aussi sincère que sa cravate lui permet de l'être. Il se livre habilement à l'autocritique de l'action passée du régime, reconnaît même à demi-mot les bavures de ceux que le petit peuple nomme les « chacals verts ».

Drôle d'endroit quand même pour une déclaration politique. J'ai un soupçon d'admiration pour la diplomatie de l'émirat : payer pour l'organisation de congrès dispendieux, d'accord, mais sous réserve de s'en servir sans vergogne pour la communication du chef des chefs de l'endroit !

Au banc des journalistes, l'atmosphère est fébrile. Mon voisin, le vieux, me demande en pestant un stylo, le sien ne marchant plus.

« Tu ne comprends pas que tout cela n'est que supercherie ».

Elle arpentait sa petite chambre. Elle avait crié sans me regarder : « Le plus beau jour du coq, c'est celui où on lui lave les pieds ».

Découragée, elle avait repris : « Tu connais la vérité. Toi et tes pareils, vous ne la connaissez que trop. Mais vous trouvez qu'elle est trop vulgaire dans sa nudité. Alors, vous lui habillez le devant, tout en la violant par derrière. »

Un instant de stupéfaction. Je n'ai pas voulu lui dire que ses amis, eux aussi, tuaient à tire-larigot, sans trop se poser de questions sur l'habillement de leur vérité.

« Toi, on t'a désappris à être imprudent. »

Elle s'était calmée. Changeant de langue : « *Tell me* (un geste pour ramener ses cheveux en arrière), de quel côté est ton journal ?

– Comment, de quel côté ?

– Je veux dire, politiquement.

– Centre gauche, je crois que c'est ainsi que les autres nous classent.

– Ah, *I see*, a-t-elle ricané, la gauche pour ta conscience, le centre pour le boulot, autant dire que *mister* est un extrémiste du centre. »

J'ai un peu blêmi sous l'insulte.

Le fils de l'émir a rassemblé ses feuillets. Un temps d'arrêt, le corps raidi, il conclut :

– Je déclare officiellement clos les travaux du sixième congrès international de médecine psychosomatique que nous avons eu l'honneur d'héberger pour la première fois. Merci.

L'ombre empoisonnée ne m'a pas quitté.

J'ai pris l'autoroute pour B. Distrait. Beau diffuseur qui raccorde admirablement la voirie locale à l'autoroute. C'est toujours ça de fait.

Leïla m'a salué, énigmatique : « Ça s'éclaircira pour toi quand tu prendras l'autoroute. »

J'ai gardé le silence. De toute façon, qu'aurais-je pu répliquer ?

La soirée d'hier a été lugubre. Il y a eu le banquet d'honneur où j'ai bu plus que de coutume – dans un pays où, officiellement, l'alcool est interdit !

« Tu vois, il est plus facile de se noyer dans un verre que dans l'océan ».

Nous nous sommes éclipsés à cinq, passablement éméchés, pour terminer la soirée dans une boîte quelconque.

Sur le trottoir d'en face, un gosse fatigué avait matelassé de feuilles de carton l'intérieur d'un fût de pétrole posé horizontalement et y dormait.

Après une sorte de danse du ventre, nous avons eu droit au numéro du pétomane, un grand gaillard, noir, triste, très élégant (« Un cul à dépailler une chaise ! », s'est exclamé un voisin de table hilare). L'orchestre a joué une valse pseudo orientale que l'artiste « accompagnait » de temps à autre. Il y a eu un délire de rires quand il a, de la même manière physiologique, éteint une bougie. Moi aussi, j'ai roté de rire. « Je croyais que ces numéros n'existaient plus. Ils ne sont pas aussi coincés qu'on le prétend, ces Arabes, ils apprennent vite ! », s'est exclamé un de mes compagnons.

Nous sommes sortis de là, saouls. Seul le médecin ne l'était pas complètement. Dans une petite ruelle sombre menant à l'hôtel, j'ai apostrophé un jeune homme. Un pot de peinture dans une main, un pinceau dans l'autre, il écrivait quelque chose sur un mur. Il s'est retourné d'un bloc, nous a dévisagés. Hautain, félin, sauvage, une fine barbe au menton, il nous a lancé :

– Pastèques !

J'ai voulu protester, la voix pâteuse. Le médecin, presque effrayé, m'a poussé devant en me priant de me taire.

J'avais à ce moment oublié Leïla. À l'hôtel, j'ai demandé :

« Pourquoi pastèques ?

– C'est une menace de mort. La pastèque est verte à l'extérieur mais rouge à l'intérieur. Le type a dû te prendre pour un Américain. Il n'aurait pas hésité. »

J'ai eu le hoquet. J'ai toussé.

Je n'ai pas encore pondu mon papier sur les réactions à la déclaration du gouvernement.

J'ai doublé plusieurs grosses cylindrées : beaucoup de voitures nord-américaines, des japonaises aussi, peu d'européennes. La mienne roule bien. J'espère que le comptable du journal ne rechignera pas devant la note de location.

Le garagiste a maugréé en me tendant les clés : « Ne ratez pas la piste. » J'ai interprété le grognement comme une manière de parler.

J'aime les autoroutes. Cela peut choquer. C'est l'un des rares endroits où je me sente vraiment seul. Tiens, depuis que je suis là, je n'ai pas pensé une seule fois à ma femme. Et si je lui téléphonais pour lui apprendre que je bande pour une fille en *hijab*... Pour les avoir souvent empruntées, je peux même dire que je les connais bien, les autoroutes. Celle-ci est de la belle ouvrage : très large, près d'une dizaine de mètres de chaussée, des postes téléphoniques, des aires de repos avec des arbres, des panneaux à la gloire de Dieu et de son prophète à peu près aussi régulièrement que les publicités pour Coca Cola. Et de plus sans péage.

Peut-être un peu déplacée dans ce coin de misère.

Leïla aurait susurré : on peut aussi badigeonner des latrines. Leïla adore parler en paraboles. Elle dit que c'est la culture de son peuple.

« Toi (le tutoiement est très vite venu entre nous), tu n'es venu ici que parce que ton patron te l'a ordonné. Tu ne poses jamais de questions, tu ne reçois que des réponses. Tu es comme le frelon qui bourdonne autour du derrière d'un âne. Que cherches-tu ? lui demande l'âne. Je cherche du miel, lui rétorque l'insecte. Oh ! Tu es parvenu juste là où s'en trouve le dépôt ! »

J'allais me vexer. La voix est devenue douloureuse : « Eh bien, mon pays, c'est la même chose. »

Après un temps de réflexion, le visage méchant : « Au moins, êtes-vous bien payés pour le travail qu'on vous donne à faire ? »

Exaspéré, rageant de me sentir coupable alors que je n'avais rien à me reprocher, j'ai voulu être caustique : « Ça dépend, ceux qui sont bien payés, oui ; ceux qui sont mal payés, non. »

Pour une fois, j'ai fait mouche : elle a souri.

Je me suis arrêté dans une petite auberge pour manger. Il faisait chaud. J'ai acheté un journal. Un énorme titre phagocytait la première page :

« Amnistie », avec la photographie du conseiller fils à papa, et une autre de l'émir lui-même, recevant les ambassadeurs des pays alliés.

Je me suis souvenu de ce qu'avait écrit le jeune homme qui nous avait traités de pastèques et que j'avais lu ce matin : « Amnistie : acte par lequel notre tyran veut pardonner les injustices qu'il a commises ».

La peinture noire coulait encore. Quand je suis revenu du garage, deux employés de l'hôtel s'affairaient à la recouvrir.

Un entrefilet faisait état des modalités électorales. Les paysans analphabètes n'auront qu'à tremper leur index dans un flacon d'encre indélébile pour preuve de leur participation et la carte d'identité servira en même temps de carte de vote. Cela se terminait par une histoire de lampe bleue pour détecter les traces d'encre. Au final, un extrait de sourate menaçait des flammes de l'Enfer tous ceux qui profiteraient des élections pour introduire le poison de la discorde dans les rangs de la *Oumma*[4].

J'ai chassé le malaise qui m'a envahi.

---

4. La communauté musulmane dans son ensemble. (N.d.A.)

Au moment où j'allais reprendre la route, l'aubergiste, débonnaire, m'a interpellé : « Eh, n'oubliez pas la piste ! »

De quelle piste parlent-ils ? Sur la carte routière, l'autoroute file droite sur B. à part un léger changement à une dizaine de kilomètres de la ville. Heureusement d'ailleurs, car il me reste près de deux cents kilomètres à couvrir avant la nuit. Un petit vent s'est levé avec de la poussière. Espérons qu'il ne se transforme pas en tempête de sable...

Il a fait nuit presque soudainement. Le vent souffle maintenant à décorner les bœufs. J'ai frissonné, la température a baissé sensiblement. Chiotte, ai-je pensé, avoir froid en pleine Arabie ! Depuis un quart d'heure, je suis seul sur l'autoroute. Ce n'est qu'après un moment que je me suis rendu compte qu'aucune voiture ne me suivait, ni me doublait. Cela m'a paru étrange après coup puisque la circulation avait été intense tout le long du trajet et puis, *pfuit*, plus rien.

J'espère que le déplacement en vaudra la peine. Leïla m'a promis de me faire rencontrer des dirigeants de l'opposition clandestine, ceux-là mêmes que le gouvernement parle d'amnistier, mais je n'ai pas très bien saisi s'il s'agissait d'islamistes radicaux coupeurs de têtes ou de gens plus policés. Leïla joue, je le lui ai fait remarquer, un jeu dangereux.

« Tu en retireras un scoop, a-t-elle ironisé et puis, railleuse, par la même occasion, tu auras une image plus personnelle de la situation. Tu te gratteras la peau avec tes propres ongles, ça vaut mieux, non ? »

À la fin, elle va réussir à me troubler. Je sens cette satanée graine d'enthousiasme qui cherche à se frayer un chemin en moi. Je n'aime pas être enthousiasmé (enfin... plus). C'est un mouvement de l'âme que je trouve à présent un tantinet ridicule. Dirais-je pourtant, comme Leïla, que c'est lorsqu'on est près d'un urinoir qu'on a le plus envie de pisser ? Sacrée Leïla, voilà que je me mets à la paraphraser. Décontenancé, je me sens envahi par un sentiment de tendresse (arrête-toi, mon vieux, arrête...)

Je distingue des lumières sur la ligne d'horizon. Il ne reste plus qu'une quarantaine de kilomètres. Je dois changer cependant d'autoroute. La chaussée est totalement déserte. Selon la carte, j'accéderai dans quelques minutes à un échangeur.

Le voilà. Gigantesque. Je ne comprends pas très bien pourquoi il l'est autant. Même si le schéma du guide routier indique l'intersection de trois autoroutes : celle qui part de la capitale, une deuxième qui relie B. à l'ouest, et une dernière, avec une déviation importante, à l'est et au sud du pays.

Je ralentis. J'allume pleins phares.

Je regarde avec attention les panneaux de signalisation. Je m'engage dans une bretelle d'accès à l'autoroute de B. J'ai rétrogradé à soixante. Les phares me renvoient l'image à droite et à gauche de murets en béton. Je ne peux m'empêcher de juger que c'est là un endroit paradoxal pour une protection phonique.

Tiens ? La bretelle en anse se met à monter. Je passe en deuxième, puis en première. Les murets m'interdisent de voir au delà d'un couloir d'ailleurs assez large.

Au sommet, j'essaie de repérer des panneaux. En vain. Je continue sur ma lancée, en me convaincant que je tomberai bientôt sur l'autoroute qui m'intéresse.

Je roule plus vite, le pied prêt à freiner. Pas

d'indications. Le ciel est pratiquement couvert. Un quart de lune timide. Ma femme, le reste. Je réfléchis. Ça ne m'est pas arrivé à ce point depuis que je suis dans ce pays. Je me souviens de cette grande lassitude quand elle m'a dit qu'elle ne m'aimait plus.

Mon manque de réaction.

Je passe ma vitesse.

Moi-même, l'ai-je jamais aimée ? Le temps a passé. C'est son métier. Il a bien fallu dire un jour : je t'aime. J'ai dit : je t'aime.

Pas de cynisme, mec. Je hausse mentalement les épaules. Je crois l'avoir vraiment aimée, ma femme. Je me rends compte de la banalité de ces auto-confidences. Je m'évertue à être sincère et, sans plus attendre, l'intelligence reprend la mascarade du déguisement et de la justification.

Je ralentis. J'ai abouti à un croisement à angle droit.

Sans bande de liaison.

Bizarre. Qu'est-ce que c'est, cet échangeur ? Je ne sais pas s'il faut prendre à droite ou à gauche. J'hésite.

Je prends à gauche.

Ces satanés murets m'empêchent de m'orienter.

Je suis désormais plus prudent. Un ami à moi avait collé à l'arrière de son véhicule cette devise : *conduire mal = conduire bien pendant des centaines d'heures et mal pendant une minuscule seconde.*

Je roule à faible vitesse. Une bonne quinzaine de minutes se passe. Les croisements à angle droit se répètent. Je suis, pourrais-je dire, é-ner-vé. Et, surtout, profondément désorienté.

L'horloge du tableau de bord marque dix heures. Je vois enfin devant moi une route qui semble être en ligne droite.

J'accélère. Troisième, puis quatrième. La voiture, fringante, bondit. Intérieurement, je respire. Je commençais à prendre en grippe cet échangeur. Les bandes dérasées ont réapparu.

… Ce n'est pas possible. Je freine à mort. Crissements. Éternité. Je suis pétrifié : un mur me barre la route. Une impasse sur un échangeur d'autoroutes !

Je m'oblige à rester calme. Je tapote régulièrement du doigt sur le volant. J'ai entendu affirmer que la répétition rythmique d'un mouvement simple abaisse la tension nerveuse. Souvenir du cœur de la mère, selon les spécialistes.

J'ai subitement un peu froid.

Je déplie la carte routière. J'allume la lampe de bord. Il y a bien un échangeur et il doit donner sur l'autoroute de B. Donc, logiquement, je ne me suis pas trompé.

Je fais marche arrière. Jusqu'à un croisement.

Voilà deux heures que j'erre dans ce labyrinthe. J'ai les mains en sueur. J'ai encore abouti à une impasse. C'est grotesque, mais vrai : je commence à avoir peur.

J'ai voulu écouter de la musique. Rien. Les murs de béton font chambre de Faraday.

Mon souvenir est absurde car il y a si peu de ressemblance avec ce qui m'arrive. C'est un incident dont le fils d'un voisin de mon quartier avait été à l'origine. Il avait enfermé un rat dans une cage, l'avait aspergé d'alcool à brûler, avant d'y mettre le feu. Fascinés, quatre ou cinq gosses l'entouraient. Le rat courait en tous sens dans sa cage. Je suis intervenu violemment. J'ai pris un bidon d'eau et j'en ai arrosé l'animal. Celui-ci n'a pas cessé de lancer des petits cris. L'adolescent a saisi la cage, s'est éloigné et m'a injurié.

Le niveau d'essence a baissé dangereusement. Je décide à contrecœur de m'arrêter pour ne pas me retrouver sans carburant. Je reprendrai la route demain matin. Il fera plus clair et peut-être pourrai-je m'orienter en grimpant sur le toit de la voiture.

J'ai passé une mauvaise nuit sur des sièges inconfortables. Ce maudit échangeur a pris forme presque humaine. Je n'ai cessé de songer à Leïla. À ma femme.

C'est un peu la même chose.

À des époques différentes.

Elle m'a avoué plus tard : « Tu es devenu trop subtil, tu te trouves sans cesse des justifications. Le plus drôle, c'est qu'elles sont convaincantes. » Elle a proféré cela du ton dont nous usions au début de notre mariage quand, complices, nous nous moquions des autres. Ah, que nous étions sévères alors…

C'est agaçant ce que l'on peut être peu clairvoyant quand il s'agit de l'essentiel. Peut-être que mes sentiments n'ont pas d'existence réelle, qu'ils n'ont jamais été que ce que je décide d'éprouver sur l'instant. Penser, parfois, ce sont des grimaces à usage interne. Je contemple la route ou, plutôt, le long corridor noir qui me retient prisonnier. J'allume de temps en temps les phares. C'est amusant, mais la nuit n'est pas très rassurante. Je somnole un peu. Il me vient un début de cauchemar où un homme en cagoule se prépare à me décapiter devant une caméra. Et puis, de nouveau, elle.

Il faisait chaud. J'avais échappé à la visite de la ville. L'exotisme m'horripile, c'est une manière insolite de présenter les mêmes sempiternelles choses déjà vues cent fois à la télévision ou ailleurs. Elle tentait de me persuader de la représentativité de ceux qui l'envoyaient. Je l'ai frôlée par mégarde.

J'ai eu une attitude équivoque, stupidement équivoque. Elle a rougi, s'est écartée de moi.

« Espèce de petit idiot ! Tu voudrais faire l'amour avec moi ? Eh bien, ouvre tes yeux. »

Elle a soulevé le large vêtement qui la recouvrait, avant de défaire à le déchirer son chemisier. J'ai baissé la tête. Tendre et douce Leïla. Sa poitrine et son ventre étaient mouchetés de cicatrices rouges, étoilées. En ligne parallèles.

« Ils sont venus un soir, probablement sur dénonciation. Ils m'ont battue, puis ficelée avec du fil barbelé. J'ai hurlé. Alors ils ont serré plus fort. »

Elle a reboutonné son chemisier.

« J'ai bien été obligée de me taire, personne dans l'immeuble n'intervenait. Étaient-ce les flics ou la police parallèle ? Depuis… »

Elle a eu une moue de dérision.

« … Depuis, je porte des robes aussi longues que l'ennui de ce putain de pays. »

J'ai réussi à dormir une heure ou deux. Quand je me suis réveillé, le soleil était déjà à la tâche. Du haut du toit de la voiture, j'ai démêlé l'écheveau de cet embrouillamini asphalté. J'ai maudit de tout mon cœur son architecte. Certains changements de direction étaient carrément en angle aigu. Pour éviter de tourner en rond, j'ai marqué à la graisse de voiture les entrées de couloir.

Je suis retombé sur l'autoroute de la capitale. J'ai fait marche arrière. J'ai rejoint l'autoroute de B. en quittant la chaussée et en traversant un champ caillouteux, plein de trous de taupe.

Je ne suis pas très fier de moi. Une impression tenace de bêtise.

Je suis arrivé en nage à B. J'ai loué une chambre d'hôtel. Après une douche et un café, je me suis précipité à l'adresse que Leïla m'avait griffonnée. Elle est là. Pour briser la glace, je lui ai parlé de l'échangeur.

Mystérieuse, elle a fouillé dans un amas de livres empilés à même le sol. Elle en a retiré une carte d'état-major, l'a dépliée sur la table.

Elle m'a tendu une loupe : « Examine l'échangeur. »

J'ai regardé.

« Mais quoi ?

– Regarde attentivement (j'ai été surpris par l'accent agressif), tu comprendras pourquoi personne ici ne croira jamais à cette amnistie. Sauf peut-être des gens comme toi. »

Derechef, j'ai fixé l'enchevêtrement des lignes.

« Bonté divine ! »

Devant moi, formées des différentes bretelles d'accès et de tronçons parfaitement inutiles, se détachaient clairement les lettres F et H, initiales de Sa Majesté Fayçal Habib, maître de l'émirat, propriétaire de la vie de ses sujets et satrape allié de mon pays.

« L'entrepreneur, jouant de la vanité du personnage, a utilisé ce moyen pour séduire l'émir et décrocher ainsi le contrat de construction. Il faut dire que l'entrepreneur était l'homme de paille de l'aîné de l'émir, ce conseiller que tu admires tant. Tout le monde le sait dans ce pays et les conducteurs évitent l'échangeur en empruntant une piste qui relie les deux autoroutes. »

J'ai revu les murs barrant l'autoroute. Une idée désagréable a surgi dans ma tête.

« Tu en avais connaissance, n'est-ce pas, et tu ne m'en as pas soufflé un mot. Pourquoi, Leïla ? »

Pour toute réponse, Leïla, Leïla la franche, s'est esclaffée.

Une coulure de froid s'est insinuée dans mon dos. Cela m'a frappé comme une évidence. J'ai senti sans pouvoir y opposer de résistance qu'elle aussi me méprisait.

Atmane Bedjou est né en 1971 à Tizi Alouane, un petit village dans la *wilaya* (province) de Bejaia en Algérie. Après des études dans sa région, il a obtenu une licence d'anglais à l'université de Blida (de 1991 à 1995, pendant les années les plus dures du terrorisme), puis il a enseigné cette langue pendant dix dans la *wilaya* de Boumerdes. En 2005, il a émigré au Canada. Il vit actuellement à Sherbrooke où il enseigne l'anglais dans une école primaire et prépare une maîtrise en sciences de l'éducation. Il a publié diverses nouvelles et poésies dans la revue *Algérie Littérature Action*.

MORT AU BOUT DU MONDE

I

Je regarde virevolter les petites feuilles jaunes qui atterrissent sur le lac couleur des nuages en haut : gris foncé. Submergé par mes sombres idées, je contemple le paysage morne comme une catastrophe. Une goutte, une autre… une ondée. Je regarde vers le ciel qui verse des larmes qui n'arrivent pas à jaillir de mes yeux. Il pleut pourtant des torrents dans ma tête. J'essaie d'expliquer ma vie, ma vie ici et ma vie là-bas. Un jour, ce sera mon tour, un jour d'automne ou peut-être de printemps. Choisit-on son jour pour trépasser ?

J'ai pensé à ma situation, je l'ai examinée de fond en comble ; les mêmes questions m'assaillent à chaque évocation du pays, nostalgie oblige. Dois-je rester ou rentrer ? Mes enfants, quelle vie auront-ils, quels idéaux ? Un incident m'est revenu en mémoire pour exaspérer mon moral qui traîne déjà avec les feuilles sur le lac des Nations. Lac des Nations ! Quelles nations ? À quelle nation appartiens-je ? À celle qui m'a accueilli d'un bras tout en essayant de refouler ma personnalité de l'autre ? Ou à celle qui n'avait pas su m'adopter ? Suis-je vraiment membre de l'une ou de l'autre ? Du point de vue légal, je suis citoyen des deux, jouissant de tous les droits et devoirs dans les deux pays. Mais que dire de ce vieillard qui m'a un jour lancé en plein figure : « Retourne dans ton pays, gang d'importé » ? Mon petit-fils serait-il un éternel immigrant, même s'il ne mettait jamais les pieds dans un avion ou un bateau ?

Et l'autre nation ? Est-elle toujours mienne après toutes ces années ? Mon pays que je ne revois qu'à petites doses, deux semaines, au maximum trois, par an ou tous les deux ans ? Et comment expliquer la force du lien à cette terre et à ces collines que je parcourais tout enfant ? Dans mes moments de désarroi, les roches sur lesquelles je me reposais en revenant de l'école prennent à mes yeux la valeur d'un être humain, de chair et d'os. Cette nation qui fait fuir ses enfants. Ces enfants mal aimés qui ne se découragent jamais de revenir. Plus ils s'éloignent d'elle, plus ils s'acharnent dans cet attachement aux regs et à la glèbe de leur terre natale. Ils s'accrochent à son sol même après leur mort !

J'ai soupiré pour apaiser mon cœur en proie à la suffocation et j'ai marché jusqu'à la maison sous l'averse. Ma femme s'est calmée ; de temps à autre des larmes lui échappent en regardant la petite fille jouer avec nos enfants. Nassima est très attachée à ma femme après tous les mois qu'elle a passés dans la garderie. Une jolie fille, une brunette aux yeux noirs comme des olives, la copie crachée de sa mère.

Maintenant que les formalités sont accomplies, nous avons enfin un temps de répit. Ma femme ne possédant pas son permis de conduire, j'ai approvisionné notre garde-manger pour dix ou quinze jours. J'ai demandé un congé d'urgence pour des raisons familiales et payé toutes les factures à l'avance. Je dois voyager seul au pays, pour la première fois depuis que nous nous sommes installés à Sherbrooke. Entreprendre seul le voyage au pays, avec un cadavre sur les épaules et une gamine sur les bras ! Ma femme ne peut fermer sa garderie ni mon fils aîné manquer ses classes. Je dois donc porter seul ce cadavre afin de le rendre à sa terre natale qui n'a pas su le porter vivant. C'était l'une des dernières volontés de la défunte. Quelques jours avant son extinction, elle m'a remis toutes ses économies (pas plus de deux mille dollars) et m'a chargé de la responsabilité de sa fille (que je devais confier à ses parents après son décès) et du transport de sa dépouille jusqu'à son village natal. Elle a insisté pour me coucher sur son testament afin de me faciliter la tâche le plus possible. Je lui en ai donc fait la promesse, et ma conscience ne peut être tranquille avant d'avoir exaucé ses derniers vœux.

II

La veille, à minuit, le docteur Boisvert m'a téléphoné pour m'annoncer la nouvelle. Il n'avait pas besoin d'y aller par trente-six chemins, sa seule voix suffisait. Que peut m'apprendre d'autre un médecin que je n'ai connu que depuis quelques temps à l'hôpital ? Qu'il a guéri un cancer en phase terminale ? Je ne savais pas si je devais le remercier pour son appel. J'ignore les convenances en pareilles circonstances. J'ai fini par balbutier un merci maladroit, d'un air embarrassé. Ma femme a fondu en larmes, hoquetant comme à la perte d'un membre de sa famille. Mais Karima n'était-elle pas proche de nous pendant toutes ces années ? J'ai laissé ma femme sangloter pour vider son chagrin, essayant de la consoler quand ses hoquets étaient trop bruyants ; les enfants dormaient dans la chambre à côté.

Le lendemain, plusieurs tracasseries nous guettaient. J'ai appelé Nabil, mon unique ami dans toute la ville, pour l'informer. Ensuite, je me suis rendu à l'hôpital pour enclencher la procédure de rapatriement. En rentrant à la maison, j'ai acheté une carte téléphonique pour appeler la famille de Karima. J'appréhendais ce moment comme un supplice.

Nous avons connu Karima quelques semaines après notre arrivée à Sherbrooke, encore sous le choc. Nous l'avons rencontrée, ma femme et moi, au SATI où nous cherchions un emploi. Karima travaillait déjà comme caissière dans un magasin, mais elle se rendait au SATI pour rencontrer ses compatriotes fraichement débarqués. C'est elle qui m'a mis sur la piste de l'emploi que j'exerce à ce jour. Nous étions encore perdus, sans ressources et sans relations. Elle s'est mise à notre disposition, malgré sa grossesse. Elle nous a facilité notamment la procédure de demande pour les cartes d'assurances sociales, le téléphone, la façon de confectionner un CV et les différents services d'aide aux immigrants. Concernant sa grossesse, elle nous avait dit qu'elle était mariée et divorcée, mais avec le temps elle a avoué à ma femme qu'elle avait eu sa fille d'une relation éphémère avec un étudiant.

Elle est aussitôt devenue amie avec ma femme ; on s'appelait et se rendait visite régulièrement. Elle comblait notre isolement, et on lui servait de rempart contre sa propre solitude, surtout quand le conflit qui envenimait sa relation avec sa famille atteignait son apogée. En effet, lorsqu'elle les appelait, ils la pressaient de venir les voir, chose qu'elle différait chaque fois en invoquant n'importe quelles raisons. Un voyage qu'elle n'entreprendrait jamais vivante. Elle savait depuis le jour où elle avait mis au monde une fille d'une liaison extraconjugale qu'elle ne remettrait plus les pieds dans ce village natal aussi généreux que conservateur. Comment aurait-elle pu annoncer à sa famille une chose pareille ? Là-bas, un bébé né du péché est l'acte le plus infâme qu'une personne puisse infliger à sa famille et à ses proches. Les bébés n'y naissent que du mariage selon la religion et les coutumes, et celui qui déroge à ces règles est une brebis galeuse.

III

Tout est enfin prêt pour le départ. Le cercueil a été expédié la veille à Montréal et tous les documents du voyage sont dans ma poche. Nabil m'attend dans la voiture pour me conduire à l'aéroport. Mon cœur est déchiré par les sanglots de ma femme et ceux de la petite Nassima qui s'est agrippée à son cou et crie à tue-tête. Elle veut rester et jouer avec les enfants. Nous réussissons à la convaincre que nous reviendrons après une balade en automobile.

L'enregistrement passé, nous rejoignons la salle d'embarquement. Nassima parle à Laa Laa, la poupée des Télé-tubbies, elle lui raconte des secrets interdits aux adultes, dans une langue qu'elle seule comprend ; moi, je rumine en silence.

Pour la première fois de ma vie, je ne hais pas le tumulte de l'aéroport ; il atténue un peu l'état piteux dans lequel je me trouve. Je redoute les huit heures de vol. Embarquement ! Nassima a sauté de joie à l'idée de s'envoler. En plus des dizaines de jouets que j'ai fourrés dans son sac à dos, j'y ai mis des bonbons, des gâteaux, et même des céréales. Une question me taraude : que dire à la famille de la défunte à propos de cette enfant ? Quel mensonge inventer ? Comment introduire un être humain aussi innocent que coupable dans leur vie ? Ne la récuseront-ils pas, et moi et le cadavre avec ? Que ferais-je dans un cas pareil ? La fillette a dormi pendant près de six heures dans l'avion.

Alger enfin ! Une chaleur torride et une humidité suffocante. La routine douanière ; mon cœur est suspendu à la porte de sortie. Nassima écarquille ses yeux d'étonnement à ce nouveau paysage, à cette nouvelle langue, à ces visages bronzés même en automne. Assise sur le chariot, elle montre sa poupée à tous les passants. J'ai suspendu la pancarte que j'avais préparée pour être reconnu. Toute la famille de la défunte est là, en première ligne de la foule qui attend les arrivées. Des cris stridents se sont élevés de l'endroit qu'ils ont occupé. La mère de Karima se tape la poitrine en sanglotant de toutes ses forces. Nassima a soudain perdu le fil de sa gaieté. Elle est devenue pâle et s'est mise à pleurer, effrayée par les lamentations. Je suis accueilli par le frère aîné, le plus courageux apparemment. Derrière lui, le père lève les bras vers le ciel dans un geste qui exprime sa soumission à la volonté de Dieu.

J'ai raconté au frère de Karima les derniers jours de sa sœur, sa maladie, ses dernières pensées qui étaient pour eux. Remarquant les œillades qu'il décoche à la dérobée à la gamine, j'ai marmotté que la défunte était mariée avec un Algérien immigré mais qu'ils avaient divorcé. Pour changer de sujet, je lui ai donné le nom de la petite qui s'est mise aussitôt à lui exhiber ses jouets. Appuyant sur sa poupée, celle-ci s'est mise à chanter. *Laalaa... lala...* grand câlin ! L'homme d'environ quarante ans n'a posé aucune question. Après quelques pas, il a pris la fillette dans ses bras et s'est mis à l'embrasser en dissimulant ses joues ruisselantes de larmes silencieuses.

Nouvelles d'Algérie

09, Lotissement Ricour Omar, Ben-Aknoun, Alger - Algérie
E-mail : apic.editions@gmail.com

www.apiceditions.com

ISBN : 978-9961-769-62-1

Dépôt légal en Algérie : 4345-2009

34 rue Ramey - 75018 Paris - France
Tél : 01 53 28 03 05 - E-mail : wiltzmag@club-internet.fr

www.editions-magellan.com

ISBN : 978-2-35074-161-1

Imprimé en France par SEPEC à Péronnas
Dépôt Légal - 4e trimestre 2009